天下篇，逍遙遊
七星劍，葫蘆酒
你就這樣長身去了江湖
自天涯滄桑風塵回來的你
大鐘鳴鼓，琴瑟竽笙
高台厚榭，邃野之居
或人何在？或人何在？
你又帶書攜酒配劍
從眼前到天涯，一路過去

落花也有溫柔的遠志
像人走向水涯
而裘褐為衣，棺桐三寸
張目奸逼切如大火逼你躍牆
身臨絕澗如閉目飛躍
而這一躍往何處去呢
流水也有悲壯的柔情

——摘自溫瑞安《山河錄》之華年

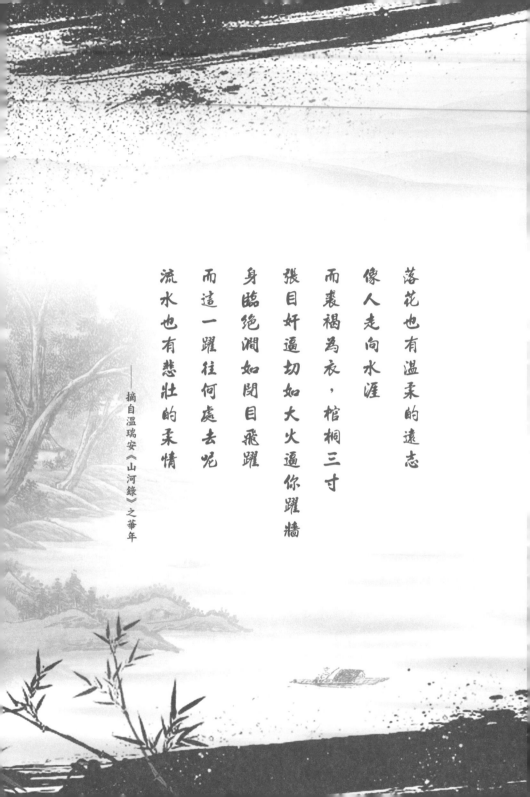

說英雄·誰是英雄系列
傷心小箭
中
溫瑞安 著
武俠經典新版

說英雄誰是英雄系列

傷心小箭

中冊

目錄

四十三　禪機

王小石突然出現之後，打鬥時間其實甚爲短促，孫魚卻一下子在心中作了幾個結論（但仍來不及記錄下來，現場局面瞬息數變，他得要當機立斷，將局勢妙導善誘，才有機會站在有利的一邊，所以他只能即時先行記在腦裡）：

一，王小石是有能力殺掉這四名攻襲者的，可是他不殺。如果不是他故意示弱，讓人掉以輕心，就是他有意示好，拉攏幫中舊部，施恩結緣。

二，王小石的「石子」已名動江湖，但而今看他隨手施爲，原來已練成了「無石之石」的境界，這點，武林中尚無人得悉，王小石在對付四個不足輕重的小人物時就把殺手鐧、絕活兒施發了出來，實在不智。看來，王小石絕對算不得上是個梟雄。

三，元十三限真的已把「傷心箭訣」傳予王小石。王小石發放的是「空物」，但是石勁還是箭氣，他還是可以清晰分辨得出來。他自度武功不算太高，但辦事能力卻要比武功好，而觀察能力卻又遠勝於辦事的手段。

四，驚人的是王小石的空發「箭」、「石」已眩人眼目，但最厲害的還是，當他捏訣彈指發出「勁箭」「氣石」之際，他已放開了手上的兵器，但他的刀和劍，居然還在電光火石間跟陳皮與馬克白的兵器交了幾招，稍不留意的人，還錯以爲刀劍仍在王小石手裡出招的。可是，若刀劍在手，王小石就沒辦法彈出「氣箭勁石」來。

——難道王小石已把刀法和劍術，已練到了「心御」的地步！？

五，如果是這樣，打下去也無益，戰下去更無謂，不如馬上進行是次行動的第二步計劃更好。

所以他叫大家停手。

六，雖然在很短促的交手裡，他已看了出來：

——毛拉拉是真的痛恨王小石，但出手太過陰險，這種人，不管當任何人的部屬，都得要自行提防他的反噬。

——「新月劍」陳皮真的很勇悍，這種人一味邀功，不惜從任何人的屍骨上踏過去走他的前程路，這種人可重任不可信任。

——萬里望看似勇決，實懦怯，他的出手不是一種執行行動，而是一種掩飾求功。這樣的人不可信重。

——馬克白是戰士，是一個真真正正的戰士。這種人可以任用，也不必太防範，因為他自會冒起得快，也消失得很快很快。

交手過程雖短，但孫魚已看出了他們的性情，並在心裡打了分數。

他喜歡看人交手，因為從此可以見出人赤裸裸的真性子，那是矯飾不來的。

有些人平時好勇鬥狠，夸夸其談，但一遇事則畏首畏尾，托辭逃避，又裝強佯悍，實膽怯心寒，全都可以在動手過招時看得一清二楚。

他從此看出手下真正的才能，由此決定重用廢棄。

所以他喜歡觀戰。

他從不放過這種機會。

——尤其喜歡看名手、高手、好手名家的交手作戰，那在進退攻守之間，個性流露無遺，智慧迭現屢見，當真是受益無窮矣！

正如王小石這短短的一戰，他已從裡中吸收了不少東西。

然後他笑態可掬的問王小石：「王三樓主，您還認得我嗎？我就是當日『禪機營』的孫魚呀！這些年來，別來無恙吧？」

王小石看到這人，笑了。

「我當然記得你，」他親切的說，「為了把一顆解醉丸傳到金老大手中，足足折騰了整個時辰的老孫子：公開承擔放一個不是你放的屁，還說臉紅就臉紅的小魚兒，除了你還有誰！」

孫魚笑得臉上開花，嘴皮子也似開了花：「王三樓主現在是名動天下，吒叱風雲，還記得我這個小小的不長進的，實在令我震佩莫已，感動不已。」

「誰能忘記你！」王小石收刀回鞘的姿勢很漂亮，「當年你已有不凡表現，今天果然是絕頂人物。」

「承蒙王當家當年賞識，」孫魚衷心的說：「我不敢沒出息。」

「客氣了，」王小石收劍回鞘的手勢更瀟灑，「已敘過舊了，孫統領有指教請說。」

「卑下確有公事在身。請王三哥多多包涵。恕罪則箇。」孫魚真心的說，「當年欠三哥的情，得了了公事容後再報。」

「言重了，」王小石灑然道，「你別罣礙，依照樓規，儘管公事公辦。」

「王少俠寬量恢宏，那就好辦了。」孫魚誠心的一拱手，這就交代了公事，「白樓主請你過去一趟。」

王小石一笑：「我只知有蘇樓主、白二哥，不知有白樓主。」

孫魚抱拳道：「那麼說，如果是白愁飛當家請王三當家過去一敘呢？」

王小石微笑道：「我早已不是什麼當家了。天涯飄泊，哪有家可當？不過，我倒想拜會睽別已久的白二哥，問問他蘇大哥近日貴體可無恙安好。」

孫魚道：「無論如何，卑下認爲，王三俠還是親自走一趟的好。」

王小石唇角一翹，俊目一閃，眉宇一剔，道：「哦？我不去的話，就會很不好了不成？」

孫魚忽顧左右而言他：「五年多前，我只是京城裡一個小流派『金屬風』裡的一名小嘍囉，你卻在一次『留連大會』中慧眼相識，把我給拉拔出來。」

王小石坦然的道：「那是理所當然的。那一次，開『留連大會』，談罷公事就敘舊，到了晚上，幾百個人圍火暢飲，你們『金屬風』的老大金蜀鋒坐在你對面前方，相隔少說也有兩百人，那時各派首領輪流著說一番話……」

「對，那時正值金賊揮軍南侵，大家義憤塡膺，都想有一番作爲，爲國家盡一份力，」孫魚笑態裡帶有一點冷誚，「所以，都各自發表了一番偉論。可是，到頭來，做到那晚自己說出去那番話的，只怕百中無一，就算有盡力的，也不過是做到話裡的百分之一。」

王小石笑道：「人常常說一套，做一套。如果一定要求做得到的才說，我看這城裡八九都成了啞巴了。這也難怪，放言空論，言空咄咄，人之常情也。不過，那一次，大家滔滔不絕，侃侃而談，我卻發現了一個人，一個非常年輕的『金屬派』弟子，有些異動……」

孫魚笑說：「那當然就是我了。」

王小石道：「我發覺你好像掏出了些什麼事物，可是動作很慢。然後向前漸移，而動作更慢。簡直是哪怕一個小小的動作，都十分緩慢，也非常謹慎，更萬分小心，生怕驚動了任何人。你一直在移走，但驟眼看去，你全不讓人感覺到你有在動。就算是前一刻和後一刻望去，你至少已移了三四步，但仍難以教人發現你已轉了位置姿勢。」

孫魚赫然道：「我以為自己已夠小心，但一切仍盡落你眼底，實在汗顏。」

王小石笑道：「我有心觀察你，自然歷歷在目了。」

孫魚赧然道：「那麼多人，你我又素昧平生，我只是名小人物，你卻仍能把我一舉一動盡收眼底，而我卻全然無所覺——」

「你客氣了，」王小石截道：「那一晚，你也有發覺我在留意你——可不是嗎，當你移行至『山東神槍會』代表公孫無眉身後時，還盯了我一眼、那一眼可瞪得真狠，我還就記得清清楚楚哩。」

孫魚更是愧然：「到底啥事都瞞不過你。那時，我是無名小卒，但你已是名震武林的『金風細雨樓』三當家了，說實在的，我不認得你才怪，但你若識得我才沒道理！可我的一切，都沒瞞得過你。」

王小石道：「是呀，這樣沉著敏捷的無名人物，更了不起，所以我才一直留意你，半時辰後，你才移到你一名同僚身邊，說了幾句話，悄悄拿了一個水袋，又足有一個時辰，你才移至你老大金蜀鋒的身側，然後把那事物餵入你老大口裡，再給他喝了幾口水，未幾，你那個本已醉得七八成的金老大，才又清醒了過來，恰輪到發表意見之時，他才說得頭頭是道，極有見地，獲得全場如雷掌聲，大家都很佩服他：酒量好，口才佳。」

孫魚笑道：「我老大確是酒量、口才、風頭都好得出了名！」

王小石道：「但我佩服的卻是你。因爲我這才知道：你拿給他服食的是解酒丸。你開始行動時，他才剛剛開始痛飲，你算準一個時辰後他必醉得支持不住，是以你也就開始行動，一點也不驚動任何人，不動聲色，還保住了金老大的面子，那時我就知道，你絕對是個人物，絕非池中物！打聽之下，才知道人人管叫你做『老孫子』。」

孫魚感激的道：「所以，你才請蘇……公子找人把我挖了過來？」

王小石道：「我把我觀察所得告訴蘇大哥，誰知，他只說了一句：『你找人把他挖過樓子裡來。還有，他用的解醉丸，叫做『醉生夢死』，如果他可以把配製秘方一併相告，一入樓子，就保他當個副統領。』看來，他可比我更留意，連你用的是什麼藥都留意到了。」

孫魚道：「所以你請白……樓主來把我找了出來，要我加入金風細雨樓？」

王小石道：「白二哥一聽有這等人材，就自告奮勇去了，果然把你請了過來，也果爾十分重用你。像你這樣的大材，自是應該加入人盡其才的風雨樓來。」

孫魚汗顏道：「三當家對我識重之情，迄今未報，我真是——」

「胡說！這算什麼話！何況——」王小石輕叱道：「你一早已經報了。」

「報了？」孫魚倒是不解，「——這是沒有的事。」

「有，」王小石反問，「你忘了『石山大宴』了？」

「石山大宴？那兒風光明媚，瀑如飛湍，一眾高手會聚該地，共商大計，那是我首次當這樣盛宴的總戍防指揮，我怎會忘？」孫魚道：「可是，那一場，我也沒報答您什麼啊……」

「錯了，」王小石正色道：「你已忘了放屁的事了。」

「放屁？」孫魚有點迷糊，「這個放屁嘛……」

「對，放屁，」王小石認真的道，「是我放屁。」

孫魚這可有點想起來了，臉上的表情，有點似笑非笑。

「我放了一個很臭很臭的屁，可是不響——簡直是一點聲響也沒有的屁；」王小石倒回述得泰然自若，坦然自得，「但那回兒我的確當眾放了個屁。」

「放屁是正常人的正常事兒，難道皇帝、英雄、聖賢、豪傑就不放屁了不成！放屁是沒啥大不了，」孫魚說，「但那次在『石山大宴』中，爭相諛媚，吹捧胡謅，在蔡相前爭寵求功，豈不是更多人放屁，只不過他們是屁從口出罷了。」

「不過，放屁終歸是放屁，一聞其臭，大家都曉得了，有人放屁；」王小石說，「你在我身邊，馬上臉紅，舉止扭捏，於是大家都以為是負責戍防的小魚兒放的屁。」

孫魚舒坦地道：「那也只不過是一個屁罷了，誰認都一樣。」

「但你比我年輕，一個人出來闖蕩江湖，形象是很重要的。當場也有很多武林中的巾幗英雌，絕色女子，你當眾默認了，可不易做到，也不易翻身。」王小石斂容道：「說實在的，你能代我認了這一屁，還說臉紅就能馬上臉紅通透了，一句話不說便把事攬了上身，年紀輕輕能打通虛榮這等關節，我是打從心裡真的佩服你。」

「開玩笑。言重了。一個屁算得了什麼！三當家這一站出來，可是代表了整個京城第一大幫會的領袖人物，我這小人物，本就是個屁，認這一屁算得了什麼！」孫魚忙澄清道，「到底，你還是當場說清楚了：屁是你放的。大家都掩著嘴兒笑，我可沒幫著你，你也沒領著我的情。」

「但有這樣的心意和氣態，已算難得了。」王小石嘆道，「在江湖上，總以爲好勇鬥狠的才是好漢；在武林中，老以爲能打取勝的才算角色。其實，能屈能伸，能代人受過，能行大事擔大任而不動聲色、不露形色，這才是了不起的人物。」

他緩緩的又加強了語氣，道：「你的做法使我頓悟了做人處世的許多禪機。」

◇◇◇

——聽了這句話和這番話，孫魚對王小石更肅然起敬。

王小石了不起的地方，不但是在於他觀察入微，沒小看了任何人，更厲害的是他過人的記憶力，以及他的親和力。

——一個出色人物，不但可以從比他高明的人身上學得東西，還可以從遠比他卑微的人物身上，吸取教訓。

王小石顯然就是這種人。

他從跟王小石的這一番對話裡，也學得了不少事。

可是他仍要執行他的任務。

他引起這番話的目的。

所以他說：「王三俠，你對我識重在先，禮遇在前，我欠你情，亦未報你大義，不過，你也曾教過大家，先公後私，決不能以私廢公。如果，你能隨我走一趟，跟白樓主敘敘，那自是最好。如果你不答應，那可沒什麼好處。」

王小石點頭道：「對對，你現在是辦公事。咱們剛才敘舊，但不礙著公事。跟你敘談，天南地北，我很樂意。但要去見白老二，我剛剛心情不好，可沒興趣。你有職責在身，儘管施出手段來，不要左右爲難，也不必客氣。」

孫魚表示爲難：「王大俠明鑒：我是不想開罪於您的，但是——」

「不必多費唇舌了。」王小石道，「我明白，你要向白老二交待，但我不明白的只是要是我不想去你有什麼逼我去？」

這話是真的。

也是正確。

——就憑孫魚和他手上這些人，還不能逼迫王小石去做任何他所不喜歡的事。

孫魚歎了一聲。

又歎一聲。

問：「王三哥真的不願跟我們去這一趟？」

「不願。」

「好，得罪了——」

孫魚一拍手，「萬寶閣」石階足履響起，四名高手押了一個人，走了進來。

四十四　終端機

給押著的，是個女子。

王小石一見了她，立時頭爲之大，幾沒跳了起來大罵：

「妳怎麼搞的!?不是叫妳去象鼻塔嗎!?怎麼又給人抓了起來!?」

被押著進來的女子，當然是失去了自由。

失去了自由的女子，自然是給人制住了。

給制住了的女子，赫然就是「小寒山燕」——溫柔。

◇◇◇◇◇◇

看王小石這麼生氣，溫柔眼圈兒紅了，唇嘴兒扁了：

「你!你!你!」

竟說不出下面的話來。

王小石一看她委委屈屈的樣子，就罵不下去，只好頓足道：「是不是？叫妳不要出來亂瘋，現在落到人手裡，這可好嘍！」

溫柔卻「哇」的一聲哭了出來，渾忘了仍受敵人脅持：

「你見我給人抓了，心涼了吧！？你這麼兇，一見面就罵人，也不關心人家！」

「我，我，我……」王小石又氣得搓手頓足，「我怎麼不關心妳！」

「你關心我？」溫柔哭得梨花帶雨，越哭越是挾風帶雨，「你關心我又罵我？」

「我……我罵妳是爲妳好啊！」王小石情急的說，「現在妳這樣子，妳以爲我很愜意麼！」

「你也不想點辦法救人，一見面，就罵不停！」溫柔終不能釋懷，「還說關心人家！當眾詈罵，一點面子都不給！」

「我……我是一時心急，」王小石只好說，「我見妳這樣子，太不……不懂得自保自愛了，所以才說了幾句。」

「什麼說了幾句，那是罵，罵得本小姐狗血淋頭哩。我爹爹都不敢這樣子罵我呢！」溫柔這才收了些急淚，嘟著腮幫子跺著腳說：「我不理，你先道歉再說。」

王小石唉唉了幾聲，抓腮抹髮的說：「不如待我救了妳再說好不好？」

「不好，不好，我不要，不要！」溫柔完全不理會她仍落在敵人手裡，「我要你現在就向本小姐道歉。」

王小石拗不過她，只好打恭作揖：「對不起，對不起，小生這廂有禮了。」

溫柔哧一笑，這才回轉了張杏靨桃腮的笑臉來：「我也不是沒聽你的話，本就窩在塔裡嗑瓜子，正閑著悶得發慌，忽聽樓下叫賣綢緞，我就著朱大塊兒守著塔，我下去看看熱鬧。這一看，那布色好鮮，味道又香，不禁隨手拈上來嗅了幾下，沒料，忽覺一陣昏眩，已知不妙，待要退時，那布就罩了下來，把我給裹著了，接著，就……就是這樣子了。」

王小石忍不住還是說了一句：「妳不下來看不就沒事了麼——」

誰知溫柔又要哭了：「人家不知道的嘛！要是知道，老早就不下來了，還會給在這裡等天天不救等人人不理的給你從頭到尾一次又一次一輪一又一輪一場又一場地刮箇沒完！」說著又待嗚嗚的哭了起來。

王小石又急得直頓足，踩在地下騰騰有聲，「我那會不救妳，妳妳妳怎麼這麼說話哪！」

孫魚乾咳了一聲。

王小石歪著頭橫凝著他：「你喉有事？」

孫魚笑笑，搖頭。

王小石雙手攏入袖子裡，問：「你肺有事？」

孫魚道：「沒事。」

王小石也不知怎的，對到溫柔，常急得直跺腳，對上別人，卻好暇以整：「那麼就一定是心有事咯？」

孫魚嘴角牽動，算是敷衍似的笑了一記：「你說救人就救人，也可真沒把這兒仍可以作戰的七十三位好漢當是人了。」

他這句話一說，就算不大想跟王小石交手的人，也很想與王小石交手起來。

「你是個很有本領的人，」孫魚由衷的說，「可是你只一個人，我們有七十多人，況且，溫姑娘還在我們手裡。」

王小石低頭看看自己的腳，在原地錯落的踏步，好像他穿的鞋子一大一小似的，望了好一會兒，使得大家都正要隨他視線望去之際，王小石忽道：「你沒有爲難過她吧？」

孫魚忙道：「不敢！怎敢呢！我們待之以上賓之禮。」

「很好，」王小石道，「你們既然對溫姑娘以禮相待，救人也不一定是非動手不可的吧。」

孫魚臉上又再展現笑容，「那就好辦了。」

王小石問：「你要怎樣才放人？」

孫魚謙恭的答：「只要您跟我們走一趟。」

王小石：「去見白二哥？」

孫魚：「去見白樓主！」

王：「就這麼簡單。」

孫：「就這麼簡單。」

小石：「能不能先放人，我再去？」

魚：「樓主吩咐下來，要我們先把您請到。」

「既然是這樣——」王小石想了一下，決然地說：「——我就不去了。」

「哦!?」

孫魚等人都意外於王小石的答覆。

「這答覆實在太令我們失望，太讓我們爲難了。」

孫魚衷心的說。

「我本也想去拜望白二哥，」王小石解釋道，「但這樣受威脅，我可不想去了。如果他只請你捎個信兒來，我一句話就去了。而今這般曲折見外，我倒打消了相見的念頭。」

「喂喂喂，」溫柔急了，「你忘了我了不成！？」

孫魚展顏笑道：「對了，王三俠可不能忘了這位弱質紅顏，還在等著您一點頭呢。樓子裡有不少老弟兄，都惦念著王三哥，但也有些新進悍夫，不一定都買您的賬呢！」

「咦？」王小石猶似驚省夢中人的說，「說的也是。我總不能把這小妹妹置之不理啊——可我又不願受人威脅著做事……你說，該怎麼辦是好呢？」

又歪著頭向樓上樓下裡外的大夥兒：「你說呢？你們說呢？」

「這樣好了，」孫魚提供了一個「方式」：「王三俠硬是不肯讓我們輕鬆好辦，我們也不敢相強。那麼說，溫姑娘就暫且跟我們回去，委屈幾天，讓王三俠想清楚了再過來接她回去，豈不得了！」

「不行不行！」溫柔直叫了起來，「小石頭，你撞死了呀你！你都不救我，你是人不是！」

然後又向孫魚嚇唬道：「你敢抓我不放？你敢！押我回去！可正好！我跟你們的白樓主這大白菜、狗不飛的，是生死之交，他見你們待我這樣，殺得你們這般臭雞蛋狗血淋頭哩……」

然後她虎著貝齒咧嘴恐嚇道：「你們笑？你們敢情是不信！待會兒後悔，可別叫姑奶奶饒了你！」

「相信相信！請溫姑娘手下留情。」孫魚忙裝了個駭怕表情，「萬一溫姑娘有箇什麼不測，泉下有靈，可別怪我們。我們既是奉命行事，而且已給了王三哥幾次機會了，是他把機會告終，把局面迫得極端了，把好好的時機成了終端，我們也就難以掌握，不易擔待了，只好得罪了，有僭了。」

王小石道：「溫柔別急，我只跟他們逗著玩兒。我來救妳。」

溫柔這回卻是不信了：「你怎麼救我？」

孫魚刷地拔刀。

刀色微藍帶青。

像雨後天青。

好看。

好看的刀架在好看的脖子上。
美麗的刀光還緊貼著美麗女子玉意的杏靨上。
可以想像那比夜更涼如水的刀身。
那比午陽還麗烈的刀意。

四十五　隨機應變

「站住！」孫魚叱道：「你要硬來，我便動手。」

王小石沉聲道：「你敢殺她？」

「我是奉令行事。」孫魚道，「金風細雨樓向來令出如山，我是不得已。就算你出手快，救得了她，但要是她臉上給劃了一道口子，對她花容月貌，也很遺憾了。你不會冒這種險吧，對不？」

王小石的回答居然是：

「不對。」

然後他叫孫魚：「你回頭看看你的人。」

孫魚居然也沒有回頭。

他沒有看。

他已發覺自己暗底裡發出去的暗號，完全沒有反應，沒有回響。

——那些手下都死了不成！？

當然不是。

沒有死。

——只是給制住了。

就在王小石跟他對話的時候，藉跺足發出暗號，一群人已悄沒聲息的摸了上來，把他佈伏在閣內閣外的弟兄全給制住了。

一個制幾個的制住了。

來的人不多，但全是高手。

——「象鼻塔」裡的高手。

王小石一一爲他介紹這些潛進來把局面扳過來的人物：

「……這位是『白駒過隙』方恨少……這是『七道旋風』裡的朱大塊兒……那位是『火孩兒』蔡水擇……這一位是『獨沽一味』唐七味……那是『老天爺』何小河……那一位是『神偷得法』張炭飯王……還有那是『用手走路』梁阿牛……還有這是『活字號』活寶寶溫寶……還有這一位是『前途無亮』吳諒……還有那一位是『面面是黑』蔡追貓……還有那位是『目為之盲』梁色……還有這位是『挫骨揚灰』何擇鍾……還有……」

還未介紹完畢，孫魚早已放開了溫柔，哈哈笑道：「白樓主先是要試試王三俠的武功，料必大有精進，果是。白樓主又謂王三哥對行軍佈兵，素有天份，故意讓我獻上一醜，兵圍萬寶閣，斗膽扣住溫姑娘相脅，料定王大俠必施神技、化險為夷、轉危為安，而今果然！果真是白樓主妙算神機，王塔主智勇過人也！哈哈……」

王小石也隨口笑道：「哈哈。」

孫魚自襟內掏出一封帖子來，恭恭敬敬地雙手遞給王小石：「樓主說，萬一一計不成，另計又失，到頭來什麼計都算不著你，就向你投這帖子，他日，他當登塔相訪。」

王小石接過帖子，看了看，上面寫了幾行草書：

石弟，四年未見，念如斷指。奈何相距咫尺，拒人千里，汝若不來，他日余當叩象鼻攀訪，因恃舊義，不揣唐突，幸勿避見。

飛字

短短幾行字，每一字都寫得直如鶴舞絕壁，似欲破空飛去。

孫魚稽首道：「王三俠，如果沒有什麼事，我可要告辭了。」

溫柔粉臉頓寒，叱道：「你想走，唏，嘿！」

孫魚躬身道：「小人是執行任務，身不由己，有啥得罪之處，小人甘心領受便是。」

王小石讚道：「好！你動手之前，已先禮貌相請，說明奉公行事。之後又先敘舊情，動手時又留餘地，話不說盡。一旦事敗，即隨機應變，言明受命於人，請罰於身，使人發作不得，歸咎不能。你這種武功，要比動拳動腳的更考功夫。」

孫魚忙道：「我這種功夫不實際、不聽用，非英雄所為。」

「其實真正英雄有幾個？」王小石笑道：「真英雄硬漢子就鬥不過一個地痞流氓劉邦了。」

孫魚垂首道：「我只是小人物。」

「好個小人物！」王小石問：「白二哥在哪裡等我？」

孫魚目光閃動，狡獪的說，「王三哥不是說不去的嗎？」

王小石道：「剛剛我不高興去。」

孫魚道：「現在三哥可高興了？」

王小石：「不受威脅，我就高興。」

孫魚：「我早說過威脅三哥是沒有用的了。」

小石：「那是二哥指令是不？」

孫魚笑。

沒答。

王小石：「算了吧，我當是給你個面子，就走這一趟。他在哪裡？」

從溫柔到何小河，由唐寶牛到溫寶，全都譁然，反對王小石赴約。

孫魚嘴角漾著笑意，「不遠。只要說明在那地點，三哥就一定會去的，大家也一定不會反對他去的。」

大家都問：

「有這樣子的地方？」

「有。」

孫魚肯定的回答。

——就像魚已上了鉤而且已給他釣上了岸一樣的有信心。

「哪裡!?」

大夥兒都是問這一句。

◇◇◇

「神侯府。」

孫魚的答案還有點補充：

「是諸葛先生做召集人，約你們兩人來談妥金風細雨樓的大事。」

◇◇◇

——既然是諸葛神侯親自來主持這件事，而且約晤地點還是在「神侯府」，就沒有什麼不去的理由了。

王小石問得也很直截：「爲什麼你不早說，而用威脅？」

孫魚回答得也很乾脆：「如果你是受脅而來，那麼，我當然會發出訊號，那白樓主當然不必也不需要在神侯府恭候你了。」

他的答案言有盡而意無窮。

王小石當然明白他的意思。

也明白白愁飛的意思。

「你說是諸葛先生召聚；」何小河伸手一攤，道：「可有信物？」

「有。」

孫魚回答得更乾脆。

他還乾脆掏出信物。

◇◇◇

水晶。

那是一顆紫色的水晶。

——水晶是佛門七寶之一，這水晶剔透明亮，光澤潤勻；一看便知是絕世罕品。

王小石只瞥了一眼，就知道那是「自在門」的信物：

晶石通體透爍著幻彩七色，這分明是經過「自在門」極高內功法修練過的靈物。

——連他自己都遠沒這份功力。

石底下還刻了四個雄勁蒼渾的篆字：

「見石見余。」

王小石抬目疾道：「好，我去！」

溫柔即道：「我也去。」

王小石道：「你不可以去。」

唐七昧道：「依我看……」

王小石道：「放心，我會隨機應變。」

溫寶說：「必要時，就放出訊號，就算是神侯府，咱們也敢攻進去——」

「放心。」王小石的笑容總讓人感覺到：一切都是有希望的，「我會見機行事的。」

稿於九一年年中，自成一派及溫羅二家怡保行意外大斬獲。

校於壬申年夏，重遊故園聽雨樓，偕友重赴睽別二十二年之「石山」暢遊。

第二章　像一個頓號的他

四十六　機深禍更深

王小石和白愁飛，經過多年的分道揚鑣，終於又會上了面，在神侯府前，苦痛巷口。

他們的會面是這樣的：

白愁飛一早已抵達「神侯府」，他堅持只借「神侯府」的範圍跟王小石約見，但並不想踏足神侯府內。

這時候的白愁飛，已不完全是個江湖人了。

他有背景。

有靠山。

——在官場上，一舉一措，都是一種表態，得要十分小心。

舉個例子：如果你的上頭某甲跟某乙是對立的，而你一不小心，跟隸屬於某乙派系的某丙一起吃了個飯，說不定，還不到第二天，頭上的烏紗帽就保不住了。就算反應沒那麼大，還沒有什麼事發生，你的立場也沒變，但別人看你的眼光可都變了樣。

白愁飛現在當然無意要向諸葛先生靠攏——就算他想這樣做，只怕諸葛小花也不會拉納他這樣的人。

諸葛先生和他徒弟們的職志是消滅一切邪惡的勢力，白愁飛則正是京城裡一大幫會的主領，只不過，他的身份已給朝廷裡一股無與匹比的勢力所包庇住了，且已封了幾個洋洋灑灑威風八面的官銜，打著捍衛京畿的旗號，平白無故的，就算是諸葛正我也動不了他。

——只要跟龐大的實力和強盛的背景結合靠攏，就有這個好處。

所以白愁飛當然也刻意避免讓人以為他向諸葛派系投靠。

因此他不入「神侯府」。

——只要不進入屋裡，一舉一動自有旁人瞧個清楚，可免瓜田李下之嫌。

一個在江湖上，官場裡混世的人，要是連「瓜田李下，事避嫌疑」都不懂迴避，實在早該回鄉下耕田、返老家吃奶奶去了。

白愁飛只在「苦痛巷」的巷口——原來苦痛巷就在痛苦街的街心，而神侯府則在苦痛巷的巷口。

他在等。

等一個人。

——一個本來應該說是他的兄弟，現在卻很可能是他仇敵的人來。

這個人當然就是王小石。

◇◇◇

王小石來了。

他們一朝相，第一個感覺，兩人都是一樣的，那就是：

陌生。

兩人曾一齊出身、一道闖蕩、一起歷過生死劫難，一塊兒痛苦快樂，按照道理，應該是很熟絡、很親切、見面時很熱烈才是。

可是不然。

兩人這一相見，雖不致份外眼紅，但也覺得眼前睫下，震起了一些電光火石，還有一種無形的力量，拒抗著兩人接近的震盪，彷彿均來自於兩人天生和與生俱來的敏感。

王小石至少還展開了個笑容。

而且也主動招呼。

「白二哥。」

他一向都認爲：如果不是必要，人與人之間實在不必翻臉翻得出了面，要是見著不喜歡、要提防的人都一付「不共戴天」的嘴臉，到頭來只怕倒著走比腳踏實地的機會還多哩。

這樣說來，他也比較講情面，但也容易讓人覺得比較虛僞。

白愁飛則不然。

他寒著臉。

——除非是遇著他的上司、契爺、乾爹和靠山，否則，以他今時今日的身份和地位，他可真的不必向誰強笑、點頭、故作寒暄。

他一看到王小石，就不喜歡。

除了頭髮略又稀薄了些：顯得額更方正更寬闊之外，王小石可以說是完全沒老，還是那副笑嘻嘻、蹦蹦跳跳、江湖子弟笑傲江湖的樣子，一點也沒變、沒老、沒壞，依舊令人好感。

他對他惡感就是因爲王小石常令人好感，而他自己則不能。

他總是讓人感到寒傲似冰。

而且相當兇。

狠。

他近年變得更冷，更酷，更不苟言笑，但也更喜怒無常，這都跟他現下的身份和地位有關——英雄雖多自草莽上來，但上得到一個地步、一種境界時，就不能再帶有太濃烈的草莽色彩了。

他的難以接近，就是一種保護自己的方式，可是偏偏現在站在他面前的人，卻是一個只要一眼，談兩句話就易生好感、感到親切的人。

他也看得出來：王小石江湖習性未改，所以十分自然、自由、自在、自得——這也正是目下他所缺所憾的。

見著了這個人，無疑等同喚醒了他的遺憾。

王小石卻也有另一種深感：

他一看到白愁飛，就知道自己和他，已是兩個世界的人了。

白愁飛依然漂亮。

玉樹臨風。

他跟別人一站，簡直鶴立雞群。

而且還愈來愈漂亮了。

——他的樣子雖然也越來越奸，但有些人的樣子之所以會吸引人，就是因爲他長得夠奸，白愁飛顯然就是這種人。正如有些人的樣子會得女人喜歡，居然是因爲他長得夠壞！

（難怪溫柔對他始終……）

這使王小石更充份的體認到：一個人變壞，不見得樣子就會變壞，而且，「壞」樣子不一定就是「難看」的模樣。

他一見白愁飛，就明白爲何他終於當成了官，而自己卻是江湖上的一名自了漢了：

因爲樣子。

相由心生，運從心轉，白愁飛本來就是當官做大事的樣子，而自己說什麼也只不過像是江湖上傲嘯、武林中吒叱的小浪蕩兒。

他自覺不能比，也沒得比，何況，在江湖上真的浪蕩了這些年，他也真的學會了一件事：永遠也不要以一個人的作爲來爲他估量會有什麼報應；報應，到底有沒有，準不準，公不公平，是完全不能依據的事。

——靠報應，等於向書生問政：用書本上的舊資料和死知識，來推斷一個正運作著有無窮變數無盡的政局現實機遇的朝廷，等於問道於盲。

靠報應，不如靠自己。心隨相轉，什麼人便有什麼樣的心情。一個成長的人總要爲他自己的面貌負責。

看到了白愁飛的樣子，王小石才想起這些年來在江湖上流浪之苦，白愁飛才省起這些歲月自己竟自囚於權位上渾不自覺。

◇◇◇

王小石那一聲「白二哥」，白愁飛是不中聽的。

——要真的是當我是二哥，就叫「二哥」，如果加上姓氏，那只不過是說明姓「白」的二哥，難保還有「藍二哥」、「黃」二哥、花二哥。

所以他只冷哼一聲。

他不是只斤斤計較，而且還要步步爲營，——談判的目的本來就是斤斤計較：

他今天就是來談判的。

「回到京裡那麼久了，都不來看看當兄弟的，你這二哥真是白叫了。」白愁飛開門見山，「我就知道，要請你來一晤，還得借上諸葛神侯的威名。否則，你可防著我這當哥哥的加害於你哩。」

「二哥說笑了，」王小石也單刀直入，「我既回得了京城來，就沒打算避著您；打算避著您，江大湖闊，武高林密的，哪兒不能去？我沒找您，是因爲見著二哥要問一件事；現在見您，也正是要問這件事。」

「問吧。」白愁飛冷哼道：「我也有話要問你。」

「二哥先問。」

「好，」白愁飛道，「我的問題只有一個，話也只有一句，希望你的答案也只有一個字。」

王小石苦笑道：「世上一個字的答案都重逾千鈞。」

「一個字的答話也常一諾千金，」白愁飛一字一句的問：

「你還是不是我的兄弟？」

——你‧還‧是‧不‧是‧我‧的‧兄‧弟？

他的問話很簡單。

其實只有一句：是敵是友？

王小石在頃刻間垂下了頭。

他的髮很長，他也不喜歡修剪，可能因爲他的髮本就不甚濃密之故，所以他也多喜蓬鬆著頭髮，這下子全遮落到額上來。

然後他抬頭，甩了甩額前的髮絲。

「這問題得要你先回答了我的問題——」他反問，也是一個字一個字的自口裡刀刻劍鏤般的迸透出來：

「你是不是背叛了蘇大哥？」

你・是・不・是・背・叛・了・蘇・大・哥？

他的問題也很簡單。

用意也更明顯。

——要是你先反叛了蘇大哥，咱們當然就是敵人。

「你心目中就只有蘇大哥。」白愁飛哂然道，「別忘了，咱們也是兄弟，而且比蘇夢枕先相識。」

「是的。不過，我們都在他栽培之下，加入了金風細雨樓。」王小石道，「今天你是樓子裡當家的，樓裡的規矩你總得聽，是不是？背叛、逆上、出賣、內鬨的，算不算得上生死同心的兄弟？勾結權臣、通敵賣國的，是不是風雨樓裡的手足？」

「我做的事，連相爺都大力支持，你是什麼東西，敢說我的不是？蘇夢枕吃古不化，固步自封，不識隨機應變，爲國盡力，卡在上面只有礙月落日升，早該把位子讓與賢人了。」白愁飛道，「你想學他？還是跟我？」

「你有的是富貴榮華？」

「還有光明前程，名垂國史。」

「大哥呢？已給你推翻了吧？生死如何？」

「生死未卜，但他已完了。」白愁飛道，「要是他已死了，那就功德完滿。要是他還苟延殘喘，也只生不如死。像他那麼一個不識趣、不知機的人，早死好過賴活。」

王小石的語音也寒峻了起來，「有一種人，只要他仍有一口氣在，便能自敗中復活、死裡求生、反敗爲勝、最後勝利。」

然後他一字一句一頓的道，「白兄，我知道你是聰明人，但我也恐你到頭來只落得箇：機深禍更深！」

說完了這句話，兩人都靜了下來。

手。

四十七　天機不可洩露

如果不是在苦痛巷的巷口，如果不是在他們之間還有個人，他們說不定早已動手。

這京城裡的兩大頂級高手一旦動手，無論誰死誰生，孰勝孰敗，京裡的武林都必有一番大震大動。

這金風細雨樓裡兩大好手一旦交手，只怕風雨樓日後難免更風大雨大、風雨交加，又是幾番人事升浮沉降了。

不過，這是苦痛巷。

苦痛巷是處於痛苦街街心。

痛苦街是條大街，行人很多，車輛亦密，買賣也很頻繁。

——人人心裡都有條痛苦街，對不對？

幸好，大多數心裡也有條快樂道，光明路。

這便是京城。

這就是街心。

——白愁飛再悍強，也總不能在這兒動手，是不？

除非他以迅雷不及掩耳（當然疾電也不及目睹）的手法把敵人殺掉，那麼，誰也看不見他做了，那就是他沒有做。

——大多數人都是這樣：自己是不是做過，得取決於有沒有人知道、有沒有人看見，若是沒有，那天知地知自己知，自己不說便沒人知了。

不過，當對手是王小石的時候，他能做到這一點嗎？

何況，苦痛巷後是神侯府。

——他要是在這地點動手，等於向諸葛神侯一系宣戰。

他的火候已足可如此了嗎？時機已成熟了嗎？時勢已倒向他那一面了嗎？

不。

更且，苦痛巷的轉角位，還有一個人。

一個坐著的人。

這個人雖然坐著，但比三千名江湖大漢、武林高手站在那兒都更高大、更有份量、更不可忽視。

可是他只是個弱質的人。

他的一雙腿子，連站立的力量也沒有。

不過，他的武林班輩卻非同小可，舉足輕重。

他還是天下四大名捕之一，而且還是第一位：

他當然就是——

無情。

◇◇◇

局面很有趣。

也很怪。

苦痛巷自南到北，南端是神侯府，北端接痛苦街。

白愁飛就在苦痛巷北角。

王小石自痛苦街入，在南角會上白愁飛。

兩人正處於街巷之間的轉角處。

這拐彎處卻有一個人。

一個坐著撫琴的人。

王小石未來之前，他就在彈琴。

他的琴韻很靜，下指很輕，心情很溫柔，仿佛要撫平白愁飛心頭的焦慮與煩躁。

白愁飛初聽也覺心靜意寧。

但他馬上警覺。

他一向警覺性都很強。

——他是敵人，敵人的一切，都不可信，敵人的好意，一定要防，哪怕只是琴聲！

他立即不聽。

不聞。

他也即時回復了他的煩惡、冷酷、還有凜然的殺性。

琴彈琴的，他無情著他的無情。

俟王小石來了之後，兩人對話，那白衣青年兀自彈琴。

琴聲仍幽幽寧寧。

王小石很享受這種琴韻。

——這使他可以暫厭心頭怒火。

白愁飛極拒抗這種琴聲。

——不過這提醒了他：無論怎樣，都不宜在此時此境動手。

這是大街。

這是神侯府的地盤。

這兒還有個捕快風雲榜上排名第一的傢伙守著，只要一有個什麼風吹草動，說不準還有些什麼六扇門排第二第三第四的狗腿子也一哄而上，難保那隻好好的太子太傅不當堂堂的護國神侯不放在眼裡的公門老鷹犬諸葛小花，也來箇一湧而上。

他犯不著冒這趟渾水。

他記得乾爹跟他說過：「這段時候，江南江北，已有幾處叛民造反，我得要向朝廷請兵，順道在民昌富庶所在徵繳些財寶回來，以充國庫。朝內新黨密謀，舊黨夥結，而宮中外戚勾通，嫉窺妒伺我手上的權勢，故不宜與諸葛、米蒼穹、方小侯、一爺這些人結怨，暫且相安無事，讓他們自亂陣腳、鬼打鬼就最宜。但對京城裡其他勢力，宜最速盡收統轄，以免爲他人所控。你要是在這時候犯在諸葛老頭手裡，我也不能徇私保你，予人口實。」

連相爺也如是說，他才不冒這大不韙。

所以他強忍。

不動手。

他旨在引王小石過來。

——他就知道，衝著此晤於神侯府前，王小石就必會來赴約。

他並不知道孫魚要扣住個溫柔威脅王小石這一著，但他卻肯定王小石還是會來這一趟的。

他只要弄清楚一件事：

王小石，是敵是友？

而今，他一見王小石，就明白了三件事：

一，王小石是不會接受他背叛蘇夢枕這件事的。

二，就算王小石容得下他他也容不下王小石。他們天生終是要對壘的。以前這特徵還不顯著，故此還有並肩作戰的可能，但經過歲月的沖刷，這特色已稜角森森，如犬齒交錯。

三，王小石以爲蘇夢枕報仇之名，起復仇之師，但私底下，也不過要爭京城幫會的大權和自己在樓子裡的地位，他只有殺了這種虛僞的人，才算真正的安全。

——要是殺不了他呢？

還有一個辦法：

牽制住他。

——要毀掉一頭老虎，不一定要殺牠，只要把牠給囚住了，也一樣生效，說不定，牠還肯爲他表演求饒、鞠躬盡瘁呢。

所以他在靜下來一段時間之後，才說：「你．是．敵．人？」

他仍說一個字就頓一頓，顯得極爲審慎，而且重視這個問題，以致他本身也像是一個頓號一般。

王小石睨視像一個頓號一般的他，道：「你要我殺諸葛，看法不同，政見各異，我可以容你。你冒充我在『發黨花府』大肆屠殺，血流成河，我仍強忍下來。但是，蘇樓主是我們大哥，你叛了他，殺了他，我就一定要爲他討回箇公道。同樣的，要是蘇大哥無理的殺害了你，我也一樣要他作出交待。這是我的原則。如果我給人無由害死，我也希望我的朋友爲我抱不平。這也是公理、公義。」

「好大的帽子！」白愁飛兀然笑了起來，「我戴不下。」

「你義正辭嚴，到頭來無非是想奪我的權，取而代之。」白愁飛道，「這幾年來，你高飛遠飆，對幫內樓裡，既無建樹，亦全無貢獻，這樓子裡的大權，豈容你覬覦！」

「我已過慣江湖上閒雲野鶴的生活，只要有些知交共樂，好友同遊，管他什麼幫會派系，盟主我都不當！」王小石逼問，「我只要爲蘇大哥討回公道。樓子裡的權，大可交給楊無邪這些老功臣！」

「什麼公理！楊無邪算是老幾？他擔得起？也不怕給大旗壓死！」白愁飛怒道：「他當了那麼多年的老大，又病，又不死，又守舊，輪都該輪到我來當當！」

王小石也一字一頓的說：「你殺了他？」

白愁飛目光暴長，逼視回王小石：「是又怎樣？不是又如何？」

王小石道：「是就爲他報仇，不是就請把他交出來。」

白愁飛居然反問道：「我爲什麼一定要告訴你？天機不可洩露也。」

王小石道：「什麼天機？那只是你個人的陰謀！」

白愁飛卻好整以暇的打趣道：「天機你都不懂？我高興就賣賣玄機，那是我的事。樹大風跟我看過相，說密陰得成，口疏招尤，我是寧可信其有，不妨守口如瓶。」

王小石道：「世上說天機不可洩露的，只是託辭。第一，誰說那是天機？那只不過是人的意思罷了。第二，就算是天機，誰知道天意是否根本就要它廣爲流佈呢？第三，可能根本就沒有所謂天機這碼子的事。第四，世間根本沒有天機，人只是把說不出來的道理，就說是天機。第五，就算有天機，又豈是凡人若你我者可知，只不過強加附會、故作神秘而已。你有沒有叛蘇大哥？有沒有殺大哥？我只要一個交代，不必妄說什麼天機天意。」

白愁飛雙目噴火，卻哈哈大笑：「好，好，好，好好好，罵得好。如果我說：是別人推翻了他，我沒殺他，還幫他清算了叛徒，你信麼？」

王小石緊接著問：「他既然沒死，那末，他在哪裡？」

白愁飛兀然大笑，笑意一斂：「他在哪裡，你替我找出來啊。」

王小石雙眉一軒：「這麼說，白老二，你說什麼都可以了。」

白愁飛臉色煞白，雙目寒意沁人：「是啊，一個人有權，他要說什麼，都是至理名言，你要說話有這個份量，來呀，且來推翻我啊，我等著哪。」

兩人又靜了下來。

第二次靜下來。

四十八　機鋒

琴聲。

——奇怪，琴聲卻在此時發出箏鳴。

兩軍相交、兵荒馬亂、金鐵交鳴、殺伐爭鋒之聲。

只聽琴韻此來彼去，滾動翻覆，最後成了相持不下，拉鋸牽制，然後琴韻軋然而止，箏聲全寂。

兩人這才一省：忽覺衣襟盡濕，好像已猱身搏殺了一場，殊死還生了過來一般。

只聽無情悠然道：「白公子、王少俠。」

沒有人願意得罪無情這種人。

所以白愁飛和王小石都各退了一步，一向無情應了一聲，一向他微微稽首。

「剛才你們已然交鋒，打了一場，再打，恐不必要吧？」無情說，「世叔同意白代樓主在此地約晤王少俠，用意無非是予兩造一個時機說箇清楚：是敵是友，心裡分明。若藉此動手，那我可在世叔面前可無以交待了。兩位知我諒我，我不能袖手旁觀，任由神侯府前起殺戮吧？」

他的話裡特別加重、強調白「代」樓主的「代」字。

白愁飛點點頭：「衝著諸葛的面子，我暫不跟他計較。他剛才說我謀刺神侯，決無此事，我一向敬重諸葛神侯，王小石枉作小人，曲意離間，盛大捕頭切莫相信他的流言爲要。」

無情淡淡地道：「白兄衷言，盛某心領，當代轉稟世叔。他一向明察是非，厲辨忠奸的。你且放心。」

王小石也不申辯，唐寶牛（他和方恨少卻也跟來了）卻叫了起來：「司馬昭之心，路人皆知。你賴得掉謀弒神侯事，可推諉得了血洗花府群豪那一樁嗎！」

白愁飛身邊的祥哥兒即道：「開玩笑！你含血噴人！發黨花府的血案，明明是你們這一干現在聚嘯在象鼻塔的人擺的局！」

王小石制止眾人詈罵下去，沉聲道：「二哥，我只要問一句：你有沒有害了大哥？」

白愁飛微笑不語。

歐陽意意馬上接過了話題：「咱們樓主決不做這種事。蘇夢枕近年來心性大乖，病毒入腦，屠戮幫眾，遭樓子裡血性兄弟策反，以致下落不明，兇多吉少。而造反的手足，也給白樓主處置了。你若要叛徒名單，我可以為你提報。你要人證物證，我們也有的是。」

方恨少也把話兒接了過去：「謝了謝了，這種罪證，歷代無算，代代平安，粗製濫造，隨手可得欲加之罪，何必客氣？如有雷同，不過巧合，多聽無益，不如奉還。」

白愁飛亦揚手阻止他身邊的人詈斥下去，只盯住王小石，問一句：「這麼說，咱們是敵人了？」

王小石道：「除非我見著個活的大哥，他親口告訴我這件事與你無關——把當事人滅口、趕殺、下囚、驅逐，然後指誣種種人神共憤、天理不容的罪名，要他一人承擔，諉說人心思叛，這種事，自古便有，屢見不鮮，我不得不審慎一些。這時候，大哥的心情，只怕尤甚於這街名巷名。若眾皆叛之，他內心淒苦；如眾不諒之，他更孤獨。我既是他的兄弟，有福的時候，他讓我享了；有難的時候，我決不讓他獨當。」

「好，好英雄！」白愁飛哂笑道，「倒顯得咱們都是狗熊了。只不過，在你動手剿滅我們這些『亂黨』之前，我倒要向你敘敘舊義親情，問候一聲：令尊好嗎？

令姊好麼？」

他這麼兩句問候，王小石臉上兀變了色。

好一會，他才咬牙切齒的道：「沒想到……」

竟氣得一時說不下去了。

無情在旁聽出蹊蹺，問：「甚麼回事？」

白愁飛哈哈笑道：「沒事沒事，只不過問候他爸爸、姊姊罷了。又沒問候他的娘親，犯不著激動，也用不著衝動。」

王小石痛心疾首的道：「……這麼些日子以來，我都覺得奇怪，爲啥四年前我這頭才進行了滅奸行動，趕回故居時，卻早已剩一堆殘礫。我一直不解：有誰會動作那麼快？竟先我一步，摧毀我家園。原來是你……動用了白樓子裡的資料，當然能即時堵截暗算了。——你到底拿我爹爹和姊姊怎樣！？」

「甚麼！？」白愁飛裝出一副完全無辜的樣子，轉身向無情攤手道：「他說啥？我可完全不知情。我這一相應，無疑是自承綁擄之罪了。我只不過是問候你家人，哪知那末多內情？管你徑自猜疑，你家的事，跟我本就全無牽連——你不是連一句二哥都省了叫麼！」

然後他向無情諧笑道：「執法總要講理，更何況是大捕頭你！他的一切事與我無關，我提省他的事，他也心裡有數。我可走了，你們不必送了，反正後會總有期，隨時黃泉地獄相見，也不為奇。再會再會。替我謝謝神侯，說不定下日祭祖之時，也連他神位一道祭了。得罪得罪，就此別過，請了請了。」

說罷，就與部屬揚長而去。

——這下子可誰都聽出他的機鋒來。

王小石的父親王天六和胞姊王紫萍，恐已落入白愁飛手裡。

甚至是一早就已落入白愁飛手中。

白愁飛手上扣住他們，王小石可受盡牽制，不敢妄動。

他不能妄動，可不等於白愁飛也不妄動。

所以王小石而今只有捱打的份兒。

這就是白愁飛這一次約談王小石的主旨，也是他話裡的機鋒。

他的話不著痕跡，無情在場聽著，也無法有任何行動，何況這本就牽扯極廣，也不知他把兩個人質關在何處，縱能搜查白愁飛的風雨樓，非但會得罪了江湖道上的好漢，冒犯了金風細雨樓的尊嚴，而且也決不可能憑這句話就能把相爺隸屬的所在也一併搜索。

——誰也不知道白愁飛把人收在哪裡？何況事隔那麼久，一定早已妥善佈置，不容他人能找出這兩個制敵的活寶兒來。

這次見面，這番談話，白愁飛已達成了目的：

他已佔了上風。

所以他走。

得意洋洋，十分囂狂。

但他才遠離痛苦街、苦痛巷，就把狂態一斂，向身邊親信肅容吩咐道：「王小石決不甘休，先把兩件『信物』，送交他手，讓他投鼠忌器。」

他頓了頓，才道：

「得馬上進行『殺鶴行動』！」

「是！」

他的部屬都奮亢莫名，躍躍欲試。

稿於一九九一年七月中旬安徽文藝出版社及中國文聯出版公司有意出版我的武俠系列。

校於九一年七月中中國故事選刊欲發表「大相公」、「小相公」、「小烏鴉」、「大出血」等故事。

第三章　像一個逗點的她

四十九　機理

白愁飛在笑聲中遠去，王小石因心念家人，更心亂如麻，便要向無情告別，另謀對策。

無情卻道：「而今你的家人盡落白某手裡，一切行動，必然掣肘，諸多不便，顧忌難免——可有我們效勞之處，請吩咐便是。」

王小石苦笑道：「這是幫會的事，也是江湖上的事，坦白說，幫會和衙門本就是對立的，而江湖人總愛跟朝廷官作對。為我個人的事把你們牽連在內，我過意不去。」

無情道：「王俠兄的話有理，但卻不對。」

王小石詫道：「既然有理，為何不對。」

「因為有理的不一定就是對的。人做事常應機而為，不大重視理路法則。所謂有機無理，便宜行事。拿國家大勢而言，這是軍民團結、聯合抗金之際，偏是當政者荒淫無道，搜刮民脂民膏，弄得怨天載道！以江湖上的局面而言，白愁飛自當理應與蘇樓主同心協力，振興風雨樓，但他一旦得勢，第一件事就是先把蘇夢枕打了下來，可見人——就算是聰明人——也未必儘撿對的事情做。」無情道，「你說我們是吃公門飯的人，但我們救的幫會裡無虧於義的好漢遠比抓的還多！你指我們是朝廷上的人，可我們也給朝官們目爲江湖人物，登不了大雅之堂。我們只站在義所當爲這一邊，但在身份上，武林中人也從不視我們爲一份子，朝廷大官更對我們十分顧忌。大家恐怕都只是在遇危受屈時才想起我們來。」

王小石歉然道：「那也沒辦法，四大名捕的名頭太響了。誰教你們是『捕』？」

「不過，就算是俠，也一樣給人視作是盜賊吧？」無情笑道，「沈虎禪等七子，向來行俠仗義，助強扶弱，到頭來，卻成了『七大寇』，爲武林中眾『俠士』所不恥爲伍，給江湖上的鷹犬搜捕邀功。」

王小石仍然道：「這事牽涉幫會，你們身份不便。我有計劃反擊，惜在人手上實力不足，但我不想連累你們。」

唐寶牛大聲道：「甚麼！你有我們在啊！我反正都是『寇』了，不妨再做些讓人見了準叩頭的事來！」

王小石又無奈的笑了一下。

方恨少扯了扯唐寶牛的袖子。

唐寶牛不明所以，又抗聲道：「咱們又不是外人，你只要開口，我姓唐的水裡火裡風裡光裡、刀下劍下拳下腳下，無有不去的，不有皺眉的！」

方恨少低聲道：「算了吧。」

唐寶牛虎虎地道：「甚麼算了吧!?」

方恨少瞪了他一眼：「你真的要我說出來？」

唐寶牛虎視著他：「有甚麼不可以說的！」

方恨少摸摸鼻子，搖搖扇子，「他是嫌我們還不夠秤。」

唐寶牛虎吼了起來：「甚麼……」

王小石忙道：「不是的。不是的。我是有一計，但此舉十分冒險，在武功上，至少要抵得住白愁飛的，萬一個不愼，那就弄巧反拙了。」

唐寶牛搔著頭皮：「他說甚麼？我不懂。」

方恨少哎聲道：「他是說：計劃十分危險，要高手方才去得。」

唐寶牛奇道：「高手？我們不就是高手嗎？」

方恨少也學他抓腮奇問：「是啊？你不就是個高手嗎？我爲甚麼還沒有看出來？」

無情完全不去理會他們兩人的插科打諢，只向王小石語重深長的道：「我們四師兄弟跟蘇樓主也算有點交情。在京城裡，他答允過約制手下，不許掠劫欺民，多已做到，如有屬下犯了，給他得悉，也定必綁上衙門請罪自首。白愁飛可不管這個。衝著蘇老大這點信義，咱們為他效效力，也理所當然。」

王小石依然為難：「不過，你們畢竟是公差——」

無情反問一句：「那是殺人的事麼？」

王小石只好答：「當然不是。」

無情又問一句：「那是害人的事嗎？」

王小石只好說：「不是。」

無情道：「如果那是幫人、救人的事，為何你們幫會上的人能做，反而我們吃公門飯的不能做？」

王小石為之語塞。

無情：「假若身份仍有不便，咱們蒙上嘴臉，誰知誰是誰？」

「那太委屈你們了。」王小石終於動容：「……這件事，完全是為了營救我家人，我就只好欠你們一個情了。」

「拯救給擄劫的良民，本就是我們的職責，只不過，如果我們明目張膽的去搜查，只怕救人不著，反予蔡黨口實，藉此衝激世叔。」無情眼中閃過一線狡獪的銳芒：「這是我們要爲蘇老大做的事，你不欠情。蘇樓主畢竟是幫會的人，他而今生死難料，咱們不便光明正大的找他，以免讓人責爲偏幫。這只有靠你。可是你必須在家人安全無礙的情形下，才便於行動。我們幫你，如同還蘇老大一箇人情。只此一次，下不爲例。」

「對！」王小石感激莫名地道，「只此一次，下不爲例。」

「何況，就算不爲了這不爲那——」無情嘿聲道，「白愁飛剛才那番話，膽敢在我還吃六扇門飯的不長進兒面前威脅你，就衝這一遭兒，也得要他少得逞一些。」

「說的是，」這次接話的人是正從苦痛巷尾負手踱來的二捕頭鐵手：「咱們在情在理，都該給白老二翻箇觔斗。」

「說得對！」這次說話的是自痛苦街頭轉過來的四捕頭冷血，「我早已看那傢伙不順眼。」

他說話就像他腰間的劍那麼直。

但唐寶牛的腸子也很直。

他的心眼更直。

「那麼說，」他仍瞪著一對大大的眼，「要那個不飛白不飛的傢伙翻觔斗的事兒，到底有沒有咱哥倆兒高手的份？」

忽聽牆上有人咕嚕嚕的喝了七八口酒，話語帶了七八分的說：「根據咱們師兄弟們開會的結果是：人多勢眾，那是去鬧著玩的。這次是去逗獅子惹老虎的，人少反而少些負累。兩位義薄雲天，這次的事，就謝過了，下次請早。不知兩位有何高見，如果沒有，就此議定；如果有，咱們就生死由命，概不負責了。」

說話的自然是三捕頭追命。

唐寶牛仍聽不懂：「他說甚麼？」

方恨少一鼻子沒趣的說：「他說他們已開過會了。」

唐寶牛道：「但咱們可沒開過會啊。」

方恨少道：「他的意思說：他開過會了，咱就不必開會了。」

唐寶牛道：「但他們要我們提意見呀？」

方恨少道：「他們已議決了，你提甚麼高見？你沒聽清楚嗎？你要是反對他們，他們就翻臉哩。」

唐寶牛道：「那我明白了。」

方恨少道：「你總算明白了，卻不知明白了甚麼？」

「他們是官，我們是民，總有官說的，沒有民話事的。」唐寶牛一副領悟了人生大道理般的恍然樣兒，「就算好官，也一樣有官架子，總得要聽他說的，對不對？」

「對。」方恨少這次跟唐寶牛完全有默契，許是「敵愾同仇」之故吧，只說，「官越大，說的話越響；所以世上只有：有名有權有勢的人說的話兒，才算話，同一句話，無名無勢無權的人說來就不像話。」

「對極了。」唐寶牛這會也發現了方恨少是他的「知音」：「你這回總算說了人話。」

「幸好，」方恨少哼哼嘿嘿的道，「咱們不做這件事，還有別的大事可爲。」

唐寶牛這又不懂了：「甚麼大事？快說來聽聽。」

王小石忙道：「大方，你可別搞事，節外生枝。」

唐寶牛一聽，更是興味盎然：「大方，有啥要事，千萬別漏了我的一份。」

方恨少摺扇一展，徐徐撥搧了幾下，道，「沒事？沒事！咱飽讀聖賢書，走遍風雲路，除了好事，咱啥事也不幹！」說罷，居然還喋喋喋的「奸笑」三聲。

除了唐寶牛，大家也不去理他，彷彿誰也不以爲他能幹出甚麼了不起的事來。方恨少爲之氣結。

所以他立意偏要幹點大事，來氣絕這些沒及時瞧得起他的人。

五十　機密

白愁飛不是先回「金風細雨樓」，卻到「三合樓」跑一趟。

三合樓，當年他就是依傍著蘇夢枕，偕同王小石，從此登了樓，也打入了京城裡的繁華世界，在京師裡的武林得以嶄頭露角、爭雄鬥勝。

而今樓依舊。

人事已全非。

白愁飛也有感慨。

他已好久未曾登此樓。

——第一次登樓，他登上了皇城武林的戲台，唱了要角。

——第二次登樓，現在他已成了在京中武林第一大幫會的首領。

——第三次登樓呢？

那是下一次。

「我原要昂揚獨步天下，奈何卻忍辱藏於污泥；我志在吒叱風雲，無奈得苦候時機。龍飛九天，豈懼亢龍有悔？轉身登峰造極，問誰敢不失驚？我原想淡泊退出江湖，奈何卻不甘枉此一生；我多想自在自得，無奈要立功立業。要名要權，不妨要錢要命！手握生殺大權，有誰還能失敬！」

他一路哼著歌。

唱著歌。

哼唱著歌，上樓。

◇◇◇

他的大志是：第三次來，重登此樓時，他要掃平京城裡武林的一切障礙，一切敵手，晉身朝廷當大官；放眼江湖，他要無敵。

等到真的沒有敵手的時候，就不妨與天爲敵。

這是他的自許。

也是抱負。

他上三合樓來，爲的是見一個人。
見一個很重要的人。
然而見這個人，卻是一個機密。

「機密」的意思，是不許有別人知道的重大要事。
不過，他是個很出名的人。
他現在手上已掌有大權。
所以他去到哪裡，都有人認得他。
而他要見的人，也很重要。
更極出名。
——甚至近年的名頭和權力，亦不在他之下，雖然這個人一向作風都極爲低調。

而且不惜常常低頭。

可是在武林中，誰也不敢因爲他常低頭而敢看不起他。

因爲這是個垂頭而不喪氣的人。

這個人雖然沒有了腰脊，但卻有的是骨氣、膽氣。

上次白愁飛隨蘇夢枕上三合樓來，見的也是他。

他當然就是令當年「六分半堂」總堂主雷損有感，吟出那一句：「白首顧盼無相知，天下知我狄飛驚」的現任「署理總堂主」：狄飛驚！

◇◇◇

城裡的人，都看見白愁飛進入三合樓，而且登上了樓。

他們都不知道，白愁飛上樓去幹甚麼。

一般人都猜想：見了王小石之後的白愁飛，心情定必很好，不然的話，他怎麼會有興致，到三合樓去吃吃喝喝？

他們更不曉得，上了樓之後的白愁飛，直入第三房「六合閣」；而誰都不知道，六合閣裡面正坐了一個腰脊都挺不起、但卻是現今京師武林中三個第一號人物中的大人物：

狄飛驚。

——狄飛驚一早已來了這裡。

他來這兒，神不知，鬼不覺，他也只給該知道的人知，不該知道人決不知，而知道的人，就一定（打死也）不會說出去。

所以他跟白愁飛的會面是一個：

機密。

◇◇◇

他和兩名部下進入六合閣的時候，這俊秀得十分寂寞的男子，仍然沒有抬頭。

他低著頭，在看他頸上的一條鍊子，鍊子下的一塊暗紅透紫的頗梨。

——彷佛，那兒有一個瑰麗無比的世界，奇異天地，幽幻仙境，遠比這鬥爭世界、名利人間更值得他全神貫注，馳情入意。

白愁飛一掀帘，就入閣，一入閣，就說：「狄總堂主，勞你久候了，我有點事，處理了才過來。」

狄飛驚仍在看他頸上的水玉。這種自周、秦開始已目爲國寶、符命、珍物、貴器的水精，又名水玉、水晶、玻璃、頗梨、白珠或琉璃，在「法華經」、「無量壽經」、「般若經」、「阿彌陀經」、「大智度論」中都稱爲佛門「七寶」之一，可以辟邪、治病、長壽、富貴，跟金、銀、琉璃、硨磲、瑪瑙、琥珀、珊瑚、珍珠同樣珍貴，並稱於世。狄飛驚好像注重他頸上的紫墜，多於理會白愁飛。

他只說了一句：「我不是總堂主。我只是署理總堂主。」他的語氣是淡淡的，連肅立在他身邊的瘦長而不住眨眼的個兒，也爲他著急。

白愁飛笑了，「你遲早都是。」

狄飛驚仍在看他紅紫晶：「但我現在不是。」

白愁飛道：「我說你是，你就是了。」

狄飛驚幾乎已全神貫注於他頸上的水晶世界裡，只淡然道：「你是金風細雨樓的樓主，但不是六分半堂的總堂主。」

白愁飛道：「就是因爲我是金風細雨樓的總樓主，所以，只要我承認你是六分半堂的總堂主，你便是總堂主了。」

說完，他突然做了一件事：

彈指。

「嗤」的一聲，一道指風急射而出。

這指勁的特色是快，來得全無徵兆，而且快得令人不及反應，幾乎是突然間它就來了，當人發現有這縷指風之際才知道白愁飛遽然發動了攻襲但知道白愁飛突然出襲之時指勁已打中了目標！

達到了目的。

◇◇◇

「啵」的一聲，水晶碎了。

碎片四濺，有些擊中了狄飛驚的臉。

但他仍是沒有抬頭。

不過卻慢慢舉目。

他有一雙十分俊秀、憂悒、黑白分明，不像幫會領袖而像受傷詩人的眼。

他身邊不住霎眼的瘦漢卻已拔出了匕首，就要撲過去拚命，狄飛驚只伸出了一根手指，他的行動便全然頓住，並且退回原位；只聽狄飛驚仍淡淡的問：

「爲甚麼？」

「如果我要殺你，剛才我那一指，碎的決不是這塊石頭。」白愁飛道：「打碎人頭，對我來說，更易於石頭。」

瘦長個子恚怒的道：「那看是甚麼人的頭。」

「甚麼人!?」祥哥兒叱道：「敢跟我家樓主這樣說話！不是總字級的班輩，少出來混世！」

「他是我們的堂主林哥哥，」狄飛驚平心靜氣的道：「小蚊子，你也沒總字輩，剛才也不說了話？」

白愁飛倨然道：「我說話的時候，不喜歡人不專心聽，所以，最好不要有下次。」

他的用意很明顯。

他還要說得更明顯一些：「雷損死了，雷動天還囚在我們的樓子裡，雷媚已背叛，現在，在六分半堂，論資歷、輩份、才智，沒人及得上你。你不主事？誰來主事！」

狄飛驚想也不想答了兩個字：

「雷純。」

「她？」白愁飛只一笑：「女流之輩！她還不行！」

狄飛驚道：「但她是雷總堂主的女兒。」

「歷來改朝換代之際，皇帝的兒子孫子一樣要腦袋搬家，要不就換換位子；」白愁飛道，「雷純何德何能，及得上你！」

然後他補充道：「只要我點頭，你這位子就坐定了。」

狄飛驚反問：「爲甚麼我坐這六分半堂的位子，倒要你金風細雨樓的點頭？」

「原因簡單不過。你的武功還差一截。這點我可以幫你。你的號召力不如雷損，士氣也差，這些我都可以助你。大家都以爲我們是敵非友，但如果你登上總堂主大位，我第一個賀你，兩幫結義爲盟，就沒有人敢說二話。」

狄飛驚靜了下來。

垂頭，低目，但胸口只剩下條分開了的鍊子，兀自微晃，鍊端卻已沒有了頗梨。

「不過，你們跟敝堂是大讎，只怕幫眾不服。」

「誰敢不服？就殺了他！再說，咱們二幫，合則無敵，分則自傷，何不合併？一起禦敵。那我們必然是城裡第一大幫了，甚麼發夢二黨、有橋集團、迷天盟……全都得俯首聽命的份兒！而且，設計殺雷損的是蘇夢枕，我已除了他，爲你們報了仇。暗算殺雷損的是郭東神，必要時我也未必保她，可交你們處置。我跟貴黨，並無深仇大恨，何事不可爲？怕甚麼人反對！？」

「這樣……」

「不這樣，」歐陽意意忽在旁冷笑道，「只怕你今天過不了。」

「噤聲！」白愁飛叱道：「這裡豈容你亂說！」

「這個……」

狄飛驚猶在疑懼。

「別這個那個了！咱們兩幫打了四十年，誰都沒好處，只親痛仇快！何不和和氣氣的聯手起來，把敵人殺個措手不及！」

「那麼……」狄飛驚仍在深慮，「你我結義，兩幫聯手，誰兄誰弟？誰君誰臣？」

「廢話！咱們不分君臣，但當然我是老大！」白愁飛說的直接：「咱們虛情假意的話兒不說，但利益共同，立場一致，你要是有誠意，先替我做一件事。」

「甚麼事？」

「那你是答應了？」

「這——」

「好，不管你答應不答應，都看你先做不做得成這件事，記住了，不管咱們兩幫是不是一夥，都只在你一念之間。但我說的事都絕對是個機密——不管我們的事幹不幹、做不做得成，都萬萬不許洩露出去，否則，咱們就是敵非友，絕無轉圜餘地，聽清楚了吧？」

五十一　機動

「我們的結盟還沒有對外公佈之前，誰也不知道你是幫我的、我是幫你的，對不對？」

「對。」

「我們現在的頭號大敵是誰？」

「你。」

「除了我。我們已結盟就是友非敵。」

「不是迷天七聖。關七失蹤了，他們實力已給我們上次聯手打散，而且蛇無頭不能行。」

「當然。」

「不是有橋集團。他們勢力聚集於朝廷，在江湖上還沒有足以相埒的實力。朝廷的派系非江湖人可以染指，而江湖中的力量也非朝廷裡的人可以把持——白樓主縱橫朝野，恐怕是唯一的例外。」

「說的好。不敢當。」

「也不是發夢二黨。那兒只聚嘯一股綠林勢力，人多而雜，不是做大事的幹才。」

「對。」

「除非是——」

「王小石。」

「王小石羽翼未豐。他的『象鼻塔』才剛剛成形……」

「要是他做以下五項措施呢？第一，他有『象鼻塔』眾人的支持，而『象鼻塔』裡的人，品流十分複雜，其中包括了『桃花社』、『七大寇』、『迷天七聖盟』、『金風細雨樓』、『六分半堂』、『發夢二黨』、各路市井豪客，還有其他例如『天機組』及不是來自京師的成員……那便造成了一種極深廣而龐大的力量了，是不是？」

「是。」

「第二，據我所知，『有橋集團』的人想拉攏他。只要這合併一旦成型，那麼，米蒼穹和方應看加上王小石，這鐵三角只怕在朝在野，實力都難有相抵的。對不對？」

「對。」

「第三，『發夢二黨』的人一向極支持他。加上他跟神侯府的人有極深厚的淵源，而又曾誅殺傳宗書，轟動京師，甚得眾人望，如果加上他師父天衣居士跟老字號溫家及小天山派紅袖神尼的交情，那麼聲勢定然浩大莫禦，然不然？」

「然。」

「第四，他巧言惑眾，善於收買人心。金風細雨樓裡，還有不少弟子為他所騙，甘心為他賣命。要是他打著為蘇夢枕報仇的旗號號召出師，只怕我也得要大費周章才能應付。他還可以蘇夢枕同門師妹溫柔作為號召，起為蘇某復仇之師，栽冤於我，金風細雨樓的弟子少不免也定有半數受他所惑，那局面就很不利了。」

「確然。」

「第五，他這種人，為顯忠義，難免就會為蘇夢枕報仇。蘇夢枕會有今天，可以說是跟六分半堂為敵而致兩敗俱傷的，至少，他的一條腿也因而廢斷。他為號召子弟，感動人心，團結力量，只要他有本領篡了我的位，也一定會來消滅六分半堂，為蘇夢枕復仇。那時，你們就噬臍莫及了。」

「所以你的意思是……？」

「樹大不好伐。」

「他現在還未夠壯大。」

「把幼苗連根拔起，可免後患。」

「但他這棵小樹，可也長滿了刺。」

「所以我們得趁他還未能完全把握京師武林的大勢，未完全操縱朝廷江湖的機動，咱們先行掌握了時機行動，削他的刺，砍他的枝，斷他的幹，刨他的根！」

「如何削？砍？斷？刨？」

「到目前爲止，大家都以爲：六分半堂和金風細雨樓仍是敵非友，在對壘而非結盟。只要你出去散佈消息，說王小石已與你結盟，那麼，風雨樓的弟子就會鄙薄他，這是『刨』掉他的根；江湖上人就會懷疑他，這叫『斷』掉他的幹；我反而與爲蘇夢枕報仇之師，來對付支撐他的人，盡『砍』他的枝；還再來個火上加油，風助火勢，傳出他替諸葛老兒暗狙蔡京的消息，使官府裡的人要他的命，而神侯府裡的人也不敢明著幫他，『削』盡他的刺。最後，咱們再來做齣好戲，就連他的命，也一併要了。」

狄飛驚聽了，默然。

「怎麼？」

「你說的對，與其機動由他掌握，不如由我們把持。」

「做完了這件事，你我就可以聯盟結義。」

「不過，王小石對你的恨意，可比我們更大。」

「兔死狐悲，殺得了虎還殺不了狼麼！何況，這件事，不只可以替你除去一個遠患，也可以替你製造聲望——我會讓王小石死於你手，這樣對我方便，對你威風，何樂而不爲之呢？並且，這件事，你從頭到尾，只要放出風聲，並不需要犧牲子力、冒險開戰！」

狄飛驚垂著頭，又抬目，目光如電，眨了眨，就像電閃了閃。

「看來，這是個好主意。」

「當然是好主意，否則，又何必請你出來！」

「而且，這也是個好機會。」

「能長遠的保住你、保住六分半堂，我看就只有這個機會了。」

「我只是還有一事覺得奇怪。」

「甚麼事？」

「你不是一直很不滿意蘇夢枕沒對我們趕盡殺絕、把我們殲滅的嗎？怎麼今日反倒過來與我結盟？」

白愁飛哈哈大笑。

笑聲猖狂。

直傳街外。

「你難道不知道，大凡是政客，未當政時一定得要是個激進的人，否則的話，又怎得激進派系的人支持呢？一旦他當了家，就會凡事權宜，應對平衡，太過偏激躍進，只有引致地位不保；過分趕盡殺絕，只有遭致對頭反撲。我當副樓主時，當然要聲討貴堂；不過，我現在已是總樓主了，不妨以和為貴。」

然後他笑著反問狄飛驚：「雷損死了，你也沒向我們大動干戈，用意如何，大家也心照不宣了吧？」

這一回，狄飛驚也笑了。

笑完了他就說：「如果你有誠意，就讓我考慮考慮。」

祥哥兒怒道：「這是甚麼意思？這種事，還用得著考慮？」

「如果我現在答允你，」狄飛驚也不動怒，只淡淡的說，「但卻全無誠意，這又算是甚麼結盟呢？」

「考慮是應該的。不過這是機密，你是明白人，當然明白的。」白愁飛大笑出門，回頭拋下一句話：

「我就知道你會答應我的。因為，如果我現在號召樓子裡的力量全面攻打六分半堂，在我這方面可藉此團結大夥，而你那邊卻必敗無疑。我先走了，你在三天內要給我答覆。我還有另一場重要會晤。」

他確有另一場約會。

也很重要。

他喜歡這樣做事。——一口氣做很多事，而且都是大事，這樣使他感覺得自己十分重要。

他喜歡這種感覺。

可是他一出三合樓，在見著一個在外面笑態可掬恭候他出來的人之前，已跟身邊的人低聲說了一個判斷：

「狄飛驚非尋常人也，不可小覷。剛才我彈指碎石，晶石濺射他臉上，他那張臉，仍白得一個紅點也不見。」

然後他帶點憂慮的說：「你別看他腰背斷了，像一輩子抬不起頭來：這種人，不鳴則已，一鳴驚人；不飛則已，一飛衝天。」

歐陽意意很少聽過一向倨傲自負的白愁飛會用這種口氣說話。

五十二　機逢

在三合樓樓下大街，有個人在等著白愁飛。

這個人當然不是白愁飛約來的。

這人白白胖胖、悠閒從容、和氣親切、笑臉迎人，看去一點也不精明能幹，反而有點腦笨心懵的樣兒。

他當然不是一個人來的。

他帶著兩個人，兩個人都很年輕、俊秀、漂亮、眼睛還水汪汪的。男人很少有長得這麼美的。

以他的身份和在刑部的地位，今天他只帶兩個人來，可以說是出奇的少。

不過也不是第一次。

七年半前，蘇夢枕領王小石、白愁飛上三合樓子裡來跟狄飛驚（還有在暗處的雷損）談判，他也一樣來這兒探聽消息。

——小事他交給手下管，大事他可要第一個得到訊息。

只不過，當時跟在他後頭的是任勞和任怨。

而今，這兩個姓任的已很少勞，多有怨。

——他們已駸駸然的在伺視他坐的位子。

所以近來他身後跟從的，再也不是任勞任怨，而是這兩個人。

早早和晚晚。

——而他，當然就是「笑臉刑總」：朱月明。

◇◇◇

朱月明一見白愁飛，就一團高興一團揖的招呼道：「白樓主，近日可發財了？」

白愁飛一笑：「我一向沒甚麼財運，錢來得快也花得多，總留不住，不像朱總您，古往今來，恐怕還是衙裡最有錢的刑總吧？聽說在剷城裡有四成的房子都是你的，京裡怕也有七八條街是你和貴親近戚的名下呢！」

朱月明一聽，嚇了一跳，笑得擠眉蹙目的說：「白樓主是哪聽來的風言，這說法可真害煞我這混兩口飯吃的了——有時，宵夜那一頓酒錢還要賒呢！不跟白樓總您攤開手，是這把老臉皮還不敢要賴到您跟前來。」

白愁飛聽這一輪話，只沉著臉沉住聲色的問：「朱總，咱們這下見面，不算巧遇吧？」

「不是不是，」朱月明忙不迭的說，「這算是機逢。這是難逢難遇的機會，白老大是京城裡第一號大忙人，也是相爺跟前的大紅人，而今上這樓子裡來，可有要事？要見甚麼人？樓上的是甚麼人？白樓主笑聲直傳街心，一定是極得意稱心的事吧？可否告知在下一二？」

白愁飛只冷冷的道：「事是有事，那是甚麼事、甚麼人，卻不能告訴你。」

「唉呀，我也不想管，只不過，京裡這些天來風吹草動，貴樓前任樓主撒手之後，更風聲鶴唳，有些事，我想不跟上點都怕公孫十二公公和一爺他們怪責下來；」朱月明大小聲通風披訊的道，「你是明白人，白總，你可是了不起的人物，到哪裡，都有大事發生，我就是管不了，上頭也管得著呀！你就體諒體諒吧！無定風吹來的信兒，說上面還有個總字輩的人物哪！」

白愁飛也故示親切，低聲貼耳的道：「朱刑總你跟我一場朋友，硬是要管事，哪能不讓你管哪！只不過，我辦事，多是乾爹授意；而乾爹的意思，多來自皇上密旨——你……要是硬插手，恐怕往後不好收手吧。就是好友，才說了這麼多，還怕爲你閃了舌頭呢！」

朱月明一聽，知道再問下去也徒然，而且，這人確是蔡京的乾兒子——雖然蔡京兒孫爪牙滿朝亂滾，但這人無疑是相爺頗爲器重的一位，惹不得——說不定真是奉密旨行事，自己可不想一腳踹進馬蜂窩裡去哪。

他只好拱手笑道：「對不起對不起，阻礙了白總的公事，恕罪恕罪，朱某當知進退。」

白愁飛目光一睨，橫掃了幾眼，忽而問：「他們是——」

「刑部近日人手零星落索，想白公子向有所聞；」朱月明仍是笑態可掬的說，「沒辦法，只好濫竽充數。這兩個丫頭子，我都叫她們別女扮男裝，丟人現眼的了，現在落在白大俠法眼裡，可羞家羞到老家去了！早早，晚晚，還不趕快拜見白大俠，要求他日江湖道上借棵大樹好遮蔭。」兩名英氣小子，都聞聲向白愁飛作揖見禮。

「這樣很好。跟著朱刑總，日後就算丟了官、革了職，學到的下輩子也用不完，撿到的八輩子也吃不完。」白愁飛只草草回了個禮道：「朱總還要問甚麼？我有一個重要的約會，遲了只怕對上上下下都不好交代。」

「好，白爺既然趕公事，我就明人不作暗事，開門見山；」朱月明忽趨近了一步，白愁飛也自然會意，湊上了耳朵，「咱們這京城裡，這些日子以來，『不見了』一個大人物，自然傳得風聲鶴唳，我也不得不向你打探打探。」

白愁飛訝然道：「是誰失蹤了，我怎麼不知道？又關我甚麼事？」

朱月明滿臉堆歡：「別人的事，當然不敢驚動白樓主。只是，這人就是貴樓的頂尖人物，這事據說也發生在樓子裡——他，到底是生還是死？如果活著，人在哪裡？要是死了，怎麼死的？」

白愁飛反詰道：「你說的是蘇夢枕蘇老大吧？」

朱月明馬上點頭，鼓勵他說下去：「是他。當然是他了。你果然知道他的事，可以告訴我發生了甚麼事嗎？有人說你殺了他，可有這回事？」

「哪有這回事！」白愁飛笑道：「我也在找他。」

「可是有人告訴了我這回事，告上衙裡去，又訴到刑部來，上頭也有人請託，壓力很大，我總不能不管，不能不問呀。」朱月明瞇著眼、看著白愁飛，就像隻黃鼠狼看到了隻肥雞，「今天得此機逢，特來請教，回去也好交差。」

白愁飛淡淡笑道：「要是朱刑總懷疑我，乾脆就把我押回去拷審好了；沒有你朱總問不出的案子！」

朱月明慌忙笑道：「白樓主說笑了。哪有這種事？白公子是相爺跟前的紅人，效命的手下無數，我這一動，豈不是在大雷大雨中還去一口咬住雷公的趾頭電母的耳朵嗎？白公子不認，我也沒奈何，怎能說抓便抓？」

白愁飛這才施施然道：「朱刑總你是明白事理的人。只要明白了就好。你一手栽培出來的任勞任怨，窺伺你的位子多時了，放出風聲，說這京裡原來的刑總，遲早要給打發回鄉下耕田養豬了。我對這流言很爲你不平。朱總爲京師太平，奉獻了不少心力，功勳數之莫盡，見了義父，也總表示了意見。蘇夢枕這案子，權限本不在你，不如由我來代查代辦，反正是我們樓子裡的事。其實朱總也沒啥不好交代的。一這是幫會的事。黑道上打打殺殺，生死總是難免。官只有兩個口，還管不到刀口火口噴人血口上頭去。二是蘇夢枕本就是幫會老大，萬一發生箇甚麼，也不過是幫裡內鬨，或是幫會互拚，本就不關公差的事，咎由自取，幫派械鬥，要是當刑總連這都管了，不如去撈個武林盟主當好了，對不？」

「對對對你說的對！」朱月明依然笑得眉開眼擠：「其實，我也只不過是要知道，三合樓裡邊，沒有個蘇夢枕吧？我有那麼大的功夫，也沒那麼大的本事；要上貴樓子裡去搜，我還真沒這個膽子。」

白愁飛明白了，於是正色道：「三合樓裡，沒有蘇夢枕。我來這兒，也不是爲這件事。」

「有白樓主的話語，我就方便交差了。」朱月明恍然揖謝道：「那麼，打擾了，有禮了，請。」

白愁飛也微欠身道：「請。」

兩人就在三合樓下，各行東西。

一旦走遠，白愁飛就冷哼一聲。

祥哥兒即道：「朱月明這老狐狸飯碗實已不保，還來管這趟子事，真不自量力。」

白愁飛嘿然道：「不是他要管。敢情是有份量的人物，找到了些證據，告到官裡去。他不能不做做樣子。要抓我？也還沒拈得起！義父不點頭，官衙裡除了姓諸葛的和姓公孫的，誰也惹不起我！」

歐陽意意道：「可朱月明這次故意在你跟前露露風，一是討你一個好，二是來了個下馬威。」

「他？他已夕陽西下，沒啥威風可言了。」白愁飛尋思道：「倒是跟在他後面的兩個小傢伙，不是女的，是貨真價實的男子。」

歐陽意意奇道：「樓主這是怎麼看得出來呢？他們看來倒似是女胚子扮男妝哩。」

白愁飛冷笑道：「這還瞞不倒我。」

祥哥兒詫道：「那麼，他在這風雨危舟之際，帶兩個長相俊俏的傢伙在身邊幹嗎？」

白愁飛冷然不答，目中已閃過一陣疑慮之色。

五十三 機師

白愁飛這才轉身而去，朱月明臉上的笑容還未全褪去，他身後的兩名美少年，已蹦跳活潑地咋舌擠眼道：

「好帥！我早聽老大說了，卻比想像中還好看！有些男人，真是越有權越是好看。」

「他的眼睛才厲害著呢！看似全不看人，但只那麼橫眄一下，卻老往人家要害處看，這才要命哪！」

朱月明臉上仍堆滿了笑，但聲音裡已一點笑意也沒有。

「他已看出你們兩個不是女兒身。」

「甚麼!?他是怎麼看出來的!?」

「他有那麼利害？他又沒摸過我們！」

「胡說！」朱月明連眼裡的笑意都不見了，「你們有多大能耐！你們這點小機智，可是遇上了『機師』——他才是機智：機巧與智慧的大師！」

兩名美少年又伸舌頭、又聳肩，神情可愛，朱月明似也奈不了他們的何。

「那麼，他上三合樓幹啥子呢？」

「蘇夢枕真的不在裡面嗎？」

「不在！」朱月明斬釘截鐵的道，「但裡面確是有重要人物在那兒。」

「爲甚麼你說有重要人物在裡邊，卻又能肯定不是蘇夢枕呢？」

「因爲我會望氣之術。」

「望氣？」

「對，不同的人有不同的氣，只是有的人氣旺，有的人氣衰，有人氣盛，有人氣弱，也有人氣結、氣絕。旺盛的人，紫氣東來，衰亡的人，氣急敗壞，受過氣功訓練的人，能一眼望出人頭頂上那縷氣色來。」

「可是你並沒有見到他的人呀！」

「但那人氣太強。在屋頂上也冒出他的氣勢來。我可以斷定他仍在二樓第三房六合閣內。這人的氣很怪，一截一截的，呈幻彩白色，跟蘇夢枕的紫氣帶晦是不一樣的。」

「那我們爲甚麼不衝進去，會一會他呢？」

「不可以！」

「爲甚麼？」

「怎麼這麼多爲甚麼！」

「人家想知道，向你請教嘛。」

「有這樣強盛而古怪的氣勢的人，必定是一流高手，而且必相當內斂詭譎，沒有必要，咱們還是少招惹的好——」

說到這裡，他臉上已笑意全無：

「我大致已知道他是誰了——沒想到：他會在這時候與白愁飛偷偷會面。」

說也奇怪，朱月明這張笑已成了他唯一表情的臉，一旦不笑，竟是十分威煞與權殺的一張鐵臉：

「看來，京裡難免又有一番腥風血雨，龍爭虎鬥了！」

◇◇◇

白愁飛一路走到瓦子巷。

那兒已經是接近了「象鼻塔」的地盤。

「象鼻塔」其實並不是一座「塔」。

它只是一座陳舊的八角木樓，愈高愈斜，愈斜愈細，是稱爲象鼻塔。

它座落在城中心，是一個銷售各類貨物的地方。

在這兒，你可以用最便宜的價格，買到一切你想像得到和你想像不到的東西；不過，要是你跟這些小販貨郎不熟，不能打成一片，你也可能用最高的價錢只買得最不值錢的貨物。

這時候，已傍晚了。

正是上燈時分，但暮猶未合，天尙未晚。

這條街也分外熱鬧，來往行人特別熙攘。

象鼻塔這時候生意也特別好。擺賣了一天的攤販，準備收檔回家了，而白天辦事的人，也正好收拾起疲憊的腳步踏上歸家的路，這也正是想買點甚麼回去和把貨品都賣出去之間討價還價的時候。

王小石的本性較爲平易近人，向跟老百姓一齊生活、一起工作，起居飲食，亦然如是，以他身爲當日「金風細雨樓」三當家之尊，以一顆石子格殺冷血宰相傅宗書的威名，能這樣與平民百姓平起平坐，自得廣大群眾支持喜愛。他回到京城後，無論怎麼忙，除了必抽時間出來習武讀書之外，每天必定不少時間來教貧寒子弟唸書（甚至因此而減少了他自己的讀書時間），也費不少心力來給街坊鄰里治病療傷，甚至風濕跌打，他也一概包辦，有時還替人代書，從家信到狀子，無不有求必應。官方見是他寫的狀書，無不給三分情面。是以，長期下來，他為這些孤苦貧病的人們費了不少心神精血，也確甚受眾望。

他的跌打書畫舖，就開在那木塔的三樓上。

他因念蘇夢枕對他的提攜和教導，故曾戲稱那木樓為「象鼻塔」，「象鼻」當然比不上「象牙」珍貴——也因蘇夢枕所創的幫派為「金風細雨樓」，是以他也避諱這「樓」字，以示尊敬。

不過，他所到之處，行止之地，自然成了一股號召的勢力。大家都多到他那兒聚首，幫他的忙，也要他幫忙。久而久之，這木樓就成了王小石的大本營——人本戲稱之為「象鼻塔」，後來也漸成了正名。

——本來，蘇夢枕為人孤僻，外表冷酷，下手悍狠，但內心卻常懷慈悲之意，不肯多造殺戮。他孤芳自賞，生性好潔，不喜與他所瞧不起的人在一起，加上他久患頑疾，所以也極少出塔下樓來與眾同樂。他也自知孤立，故亦戲稱其行居之處為「象牙塔」，他因身其中，遠離塵俗。而今王小石的「象鼻塔」卻跟他遙相呼應，但斯人影蹤杳矣，王小石的親民作風卻與之大異其趣。

在這暮末暮日落未落的時分，白愁飛剛好來到瓦子巷。

瓦子巷是城中最熱鬧的地方。

瓦子巷的中心就是「象鼻塔」。
他來這兒做甚麼？
他來找王小石？
（他不是剛見過他了嗎？）
（王小石已回來了嗎？）
他來找「象鼻塔」弟兄們的麻煩？
（在這時分，豈不是太驚動也太吃力不討好了嗎？）
他來打聽情報的麼？
（這些人都視同王小石爲他們的兄弟手足，他們會出賣他們的「小石頭」嗎？）
——那麼，他到底來做甚麼？

◇◇◇

他？
他來，不做甚麼。
他是來買東西的。

五十四　機心

購物。

——購物並不出奇。

很多人都喜歡購物。

購物就是買東西。

有許多人就是喜歡買東西。就算不是必要的、實用的、急需的，他們也喜歡把它買下來：只要佔有那件東西，他就很滿足。

不少人都有購物癖，選購東西本就是一種樂趣，這是很正常的事。

但有些正常事給一些「不大正常」或「不正常」的人來做，就顯得很不正常了。

譬如：皇帝大便。——人人都要大便，這很自然，不過，你要去想像一個九五之尊的皇帝大解時的「龍顏聖體」，這便很絕了。老實說，不管你怎麼尊敬駭怕皇帝天子，只要想到他大便的樣子，就甚麼「天子」也不過是「凡人」而已！

——很絕，不管好壞美醜，都是一種「不正常」。

白愁飛是個大人物。

也是個忙人。

他自然也要購物，但大可不必親自來這兒、混在人潮裡買東西，這樣做，對他而言，是「大失身份」，很不尋常的事。

是以天子嫖妓，也得要偷偷摸摸，見不得光才敢「行事」。

白愁飛居然在這種時分、這個時候、這般時勢，來這龍蛇混雜之地——購物!?

他的目的是甚麼?

他是個極有機心的人，他花的心機自然都有目的，都有代價。

——但目標是甚麼?是甚麼樣的代價，才使他那樣的人物，來到這種地方、做這樣子的事?

◇◇◇

白愁飛不像蘇夢枕。蘇夢枕不常露面，但他關心民間疾苦，約制手下，不許擾民，而路見不平，應多予貧苦協助。

但他本人卻不喜與閒雜人廝混。

他高高在上。

孤而且獨。

他行事乖戾，多變無常。人以爲他應退守時，他會躡狂冒進；人料定他沉不住氣時，他卻苦忍不發。他做事向來低調。

白愁飛卻好出風頭。

一旦成功了，他要人人都知道他的光榮；如果失敗，他只一個人躲起來舐他的傷口。

他絕對不是個普天同慶的人。

可是還是有不少人認得他。

見他這樣突然的出現、而且還出現得這樣突然，並且突然的這樣出現，有許多人都驚訝得張大了口、闔不攏。

不過白愁飛卻很隨和。

他混在人群之中，大群的人，也圍住他，看熱鬧，他卻依然鶴立雞群，衣白不沾塵，跟圍繞在他身邊的人一比，他簡直是玉樹臨風。

他這攤子買兩件衣。

那攤檔買雙襪子。

在那邊的店鋪又買了幾支筆。

到那兒的舖子再買塊玉石。

他還到酒樓喝茶，又在街邊小食吃了碗麵，還叫來了七兩白乾。

他更請圍觀的老粗坐下來陪他喝酒。

他看到一個婦人抱著個孩子，他也摟過來抱了一陣，還親了一親：不幸的是，就在他親孩子的時候，孩子就在他衫上撒了一身的尿。

他並沒有即時把孩子拿開。

那婦人一疊聲的道歉，他笑說：「怕甚麼？童子尿，旺財哩！大家發財！」

這回兒，大家都笑開了。

於是跟白愁飛也沒有了顧礙、親切多了。

白愁飛還去請教一個小販「刀切麵」怎麼箇「切」法。

這時候，有個鼻子裡流了兩條「青龍」的大孩子，扔了一塊乾屎撅子來。白愁飛給一大群圍攏著，他要施展輕功只怕先得把人推開，所以避不了；他也乾脆不避了，於是臭屎撅就叭地掟在他乾乾淨淨、素素白白的衫上。

那大孩子還拍手唱罵道：「大白菜，飛不起，臭屎撅，配得起！」

那麵店老闆和一眾人倒不好意思起來：「對不起，這孩子腦子有點昏昏的。以前他爹是您的部下，犯了小過，給你殺了，他媽哭得死去活來，大概說了幾句衝撞你的話，後來，也給你手下輪姦後殺了。他就變得這般語無倫次了。你不要見怪。」

白愁飛聽了，眼圈兒也紅了。

他掏了一把銀子，走過去，臉上又著了一塊屎撅，這次，是濕的，臭氣特別洋溢。

他避也不避。

甚至連眼睛也不眨。

他把銀子遞給少年。

少年不要，瞪著他。

他塞到他手裡。

那少年眼圈也紅了，忽然丟下銀子，轉身猛跑。

白愁飛向大家交代：「我不知道這件事。我回去一定查明是誰幹的，以樓規處置，必不讓如此喪心病狂者逍遙法外。」

大家都很有點感動，都紛紛說話了：

「我們都不知道白副樓主是這般好心人。」

「叫我爲白愁飛就可以了。」

「怎可以……您現在貴爲金風細雨樓的樓主——」

「或者乾脆叫我做白老二好了。」

大家都交頭接耳：

「看來，這白老二也真沒架子。」

「我看他太裝作，別有機心。」

「算了吧，就算造作，也總比崖岸自高的好。」

總之眾說紛紜，直至白愁飛喫完了麵，大讚好味，麵店余老闆就說：

「樓主喜歡，你天天來，我天天給你做吃的。」

白愁飛付了銀子，還特別多給一錠黃金。

老闆余春（人就稱他爲「愚蠢老闆」）一怔，「這是甚麼？」

白愁飛豎起拇指道：「太好吃了，您特別費心，我特別打賞。」

在一旁的祥哥兒催說：「樓主一番心意，收起來吧。」

余春把臉色一沉，拿起勺子、筷子、繼續撈麵去，不再理他們。

白愁飛弄得一鼻子灰，訥訥的在那兒，祥哥兒怒道：「你怎麼這般不識好歹！」

那老闆卻說：「我們這兒，熱情招待，只當你是朋友。你多金要賞，大可到迎春閣去，不必來這兒充闊。」圍觀的人也哂笑散去。

白愁飛含笑道歉，欠身離去。

他還繼續往街心行去。

向著「象鼻塔」。

——他真的要去「象鼻塔」麼？

他要找誰？

要幹甚麼？

◇◇◇

人群散了。

暮色四閤。

四周的人，漸漸少了。

「剛才那個撒尿的孩子，還有他母親，別忘了那麵店老闆、以及說我有機心的那個行人，在一個月內分別殺掉，全要做得不動聲色，死於自然，決不可使人生疑。知道嗎？」在行館裡把衣衫換過身子洗淨後的白愁飛低聲吩咐道，「還有那扔屎撅子的，抓回來，交給任勞任怨，我要他活足一個月。」

祥哥兒馬上垂首答：「是。」

歐陽意意忽然問祥哥兒：「你爲甚麼面頰忽起雞皮疙瘩？心寒是不。」

祥哥兒疾道：「這些人不知好歹，自然該死，沒啥好心寒的。」

白愁飛盯著他，他的語調雖然很低沉，但每一句話都要比釘子還鋒銳：「你忠於我，自然有錦繡前程。無毒不丈夫，當然只是用來對付那些反對我的人。」

祥哥兒又垂手答：「是。知道了。」

白愁飛笑笑又道：「王小石收買人心，我也不能落人之後。以後這種巡遊套交情的事，雖然討厭，但還得抽空多做。」

祥哥兒恭聲道：「樓主明見萬里，洞燭機先。」

「這也不算甚麼。」白愁飛哂然道，「只不過，王小石花多少心機，咱們也可以放一樣的機心，就不信大家都生定了跟他。」

「樓主只要小施手段，」祥哥兒躬身道：

「王小石必敗無疑。」

歐陽意意突然冷笑。

白愁飛一面步出行舖，走到街上，一面問：「你笑甚麼？」

歐陽意意目光落在遠處：「你說那些一直都在監視我們的象鼻塔宵小們，他們正猜我們葫蘆裡賣的是啥膏藥？」

五十五　機變

監視在鬧市裡進行，而且人也不少，他們本就是市井豪傑，混在人群裡，誰也看不出來。

其中有三個人已神不知、鬼不覺的聚攏在一起。

他們三個人向著不同的方向，但他們之間卻其實在相互對話。

一個像在哼著調調兒（唐七昧）。

一個像是嚼著麥芽糖膠（溫寶）。

一個在跟那賣獸皮的殺價（蔡水澤）。

「你說這傢伙來幹甚麼？」

「黃鼠狼給雞拜年，沒安著好心眼兒。」

「他來這兒收買人心，顯示力量。」

「他不是要攻入象鼻塔吧？」

「現在攻進來，他可討不了好，何況，他也還沒這個實力，只不過，順此勘察一下地形環境，肯定是有的。」

「他可帶了不少人來。」

「對，看來是大方親民，全不設防，其實，身邊有二十七名高手正護著他，真夠造作。」

「是廿八人——這不算在他身邊明打著招牌那兩個。」

「他這次來，必懷鬼胎，定必另有居心。」

「他也可能只來擾亂軍心，故顯實力。」

「可惜小石頭還沒回來。」

「王小石回來又怎樣？他不夠狠，無毒不丈夫，他做不到。否則的話，趁他來得，沒命教他回！」

「王二哥就這點不好。」

「小石頭就這點好——要是他只一味心狠手辣，才不配當我們大哥。」

「你可別小覷了他心軟，他有一種力量，是大家都沒有的。」

「甚麼力量？」

「他叫人做事，很少人拒絕的。他不算很有權，但有辦法叫人幫他掌了大權，不費一兵一卒，不必殺人放火，這還不是天大的本領嗎？」

「對，是大本事。」

「是，這功夫白愁飛便學不來了。」

「啊，他們是誰——？」

「——甚麼人竟敢在這兒動手!?」

「噢，他們竟向白愁飛……」

◇◇◇

向白愁飛出手並不容易。

他的人手很多，全混雜在人群裡，而且都是好手。

——其中有不少子弟都是由梁何一手訓練出來的。

不過，而今，至少有七個人已分七個不同的方位擠向白愁飛。

有的早埋伏在那兒，化妝成路人，挨著白愁飛就動手。

有的是飛身掠來。

有的是還踩著眾人頭頂撲至。

有的殺手是自行人褲襠裡「鑽」了過來。

他們目標都只有一個。

——白愁飛！

◇◇◇

這一戰非常酷烈。

也很短促。

死的人很多，刀光血影，血肉橫飛，許多走避不及的民眾百姓，都慘死於殺手刀下。

白愁飛似乎也受了傷。

流了血。

傷得還不輕。

「住手！別動手！有話好說！」一名象鼻塔裡的子弟大聲阻止，但反而捱了一刀。

最後，七名殺手，不能得手，各自溜了。

——逃得比來得還快。

只有一名給逮著。

白愁飛一把抓住了他。

「快說！是誰主使的!?」歐陽意意的飛鉈捺著這人的咽喉，「你只有一個機會！」

那人不說，就馬上聽到那鉈鋒鍘入他的頸肌的慘響。

他的臉色也馬上慘變。

「我說我說……」他慘嚎起來，「是王小石，王小石叫我——」

白愁飛臉色慘然，許是受的傷太重了，他有點搖搖欲墜。

歐陽意意一掣肘，嗤的一聲，割下了那殺手的頭顱。

唐七味見勢不妙，想制止，大呼：「別——」

但已來不及。

沒有頭的身子還搐動了幾下，這才倒了下去。

白愁飛只斜視了唐七味一眼。

唐七味已在這時際「露了面」。

這時，本來熙攘熱鬧的大街，已變成人翻車臥，一片淒落。

不少人倒地呻吟，大都是無辜百姓。

「王小石啊王小石！」白愁飛恨聲向天大呼道：「我本要找你議和，可是，你實在太狠了，竟下此毒手……」

這事情委實發生得太突兀。

完全是一個機變！

殺手出現得兔起鶻落，而消失得也十分神出鬼沒，唯一的活口又在說出主使人之後死去，令人更無法追查真相。

「王小石，你要是不服，與我光明正大的交手便是！而今我人在你地頭上，你要取我性命，易如反掌，你又何需這般鬼鬼祟祟，枉死了這麼多無辜呢？」白愁飛嘶聲道：「你裝神扮鬼，欺騙得了人，可騙不了我！蘇老大也是給你隻手遮天害得死無──」

忽聽一人嗤然笑道：「你嗆天呼地、潑婦罵街的幹嗎？」

這又是一個機變！

白愁飛本正七情上臉，全情投入，演出忘我，唱做俱佳，聲淚俱下，如痴如醉之際，忽聽這一句話，自東面傳來。

他目光急掃，已看準了躲在牌坊柱後看「熱鬧」的漢子。

那漢子忙搖手急道：「不是我，不是我……」

白愁飛正要示意動手，忽聽那聲音又道：「你這一套已在『發黨花府』大屠殺裡用過了，現在再用，可不靈光了。」

語音竟是從西面傳來。

白愁飛急擰身。

他已認準一名七、八歲的小童。

那小童瘂聲急道：「我我我……我可沒說話呀！」

忽爾，語音又自北面傳來，嘖嘖有聲：

「為了演一齣你大仁大義的戲，你便殺了這麼多無辜的人，實在太殘忍了。」

這次，白愁飛身也不轉，「嗤」的一聲，一指已破空急彈而出。

「噗」的一聲，說話的所在沒有人。

是一面厚重的招牌。

匾牌給指功戳破了一個洞。

可是語音已轉到了南面。

「算了吧，白愁飛，你的『三指彈天』，我當是彈琵琶！」

這次白愁飛連頭也不轉。

馬上旋身的是歐陽意意和祥哥兒。

看得出來，在場至少也有廿四人的眼光一齊往發聲那兒搜索過去。

——別的不說，至少，這人沒現身，已把白愁飛這次的佈防人手大都引發了出來，露了形跡。

五十六　機體

白愁飛頭不回、氣不喘、語音不變的說：「敢情閣下又是王小石的走狗，殺人不著只好說些廢話，挽回面子，專做耗子的勾當。」

那人冷哼道：「是誰老是幹見不得光的事？把結拜兄弟的家小綁架了，用以威脅人，算好漢嗎？」

白愁飛眉頭一皺，「閣下是誰？密語傳音、千里傳聲，內力如此高明，爲何卻不敢現身亮相？老是血口噴人，誣陷在下，咱們究竟有何仇何怨？」

那人豪笑，竟似自四面八方一齊笑起：「亮相何妨？別以爲你抓住王小石的家人就可以勝卷在握，爲所欲爲，我今兒已先你一著，救了他們，教你看了，你又奈何！？」

說罷，只聽噗噗連聲，眼前晚霞光影一黯。

白愁飛乍然跳開，猛抬頭，只見一大紙鳶長空掠過。

——不。

不是紙鳶。
而是人。

◇◇◇◇◇◇

人！？

◇◇◇◇◇◇

人自空中飛過。
——真的「飛」過！

◇◇◇◇◇◇

——果真有這種人，這樣子的輕功，已幾乎不叫：「跳」、「躍」、「掠」

了，而是真的「飛行」了。

更令人震驚的是：

這人還不是一個人騰空「飛過」的，而一左一右，夾著兩個人：

一個男的（年紀較大）。

一個女的（年齡較輕）。

白愁飛一眼望去，心中一沉，祥哥兒卻已失聲叫了出來：

「他救了王天六和王紫萍！」

◇◇◇

——這兩人是白愁飛手上要來控制王小石的「殺手鐧」！

而今竟給「救走了」！

這還得了！

◇◇◇

白愁飛叱喝了一聲：「追！」

在這條大街和附屬於它的十數條小巷，至少竄出十七、八人，分不同的身法和方式，全面兜截這「飛行中的三人」。

可是截不著。

這「飛行的人」雖然挾著兩人，但仍輕若無物，他們失了一步，在街角截不住他，之後就只能拚命尾隨猛追了。

歐陽意意的輕功也很好。

他一向都很自恃。

他常以身體爲武器，飛身攻敵，但看了這人懷挾二人尙能如此飛掠，不禁失聲道：「好驚人的輕功！簡直是機械才可以造出來的身體，才能這般御風而行，飄不著力。」

祥哥兒也由不住表達了耽心：「這人輕功這麼好。就算是追上了只怕也是徒然。」

「輕功好不代表武功也好。」白愁飛冷哼，「老字號溫家用毒天下聞名，但手上功夫多不如何。蜀中唐門暗器第一，但在兵器上的功夫還不及妙手班家。一個人對一種武功太專心，便無法分心在別的武藝上，正如一個善書的人未必擅於紡織，一個能鑑別古物的不見得也懂得耕作下田。」

「是是是。」祥哥兒忙不迭的道：「像樓主那樣：既武功絕頂，又擅組織，在殿堂拜官周旋自如，在江湖行事瀟灑俐落，文武雙全，左右逢源，才是世間少有的人傑。」

「這當然了。」歐陽意意替他作結：「所以世上只有一個白愁飛白樓主，金風細雨樓也只有一個我們所敬服的主子。」

他們嘴裡可說著，腳底下卻一點也不稍緩，依然急追那挾走王天六和王紫萍的黃衣人。

他們的輕功都不比那神秘人高，但卻有一點更難得：

他們有辦法一面追敵，一面把握機會，大事吹捧新主，光憑這點本領，在前領先的黃衫人就未必能辦得到。

懂得吹捧、和懂得把握時機吹捧，以及懂得怎樣吹捧才深入人心，有利無害，這點絕對需要爐火純青、不著痕跡的真功夫。

他們（總共廿一人，其他的人留在大街「善後」）一路兜截追擊那黃衫人。

那黃衫人挾著兩人，直跑，就幾次給兜轉陡現的人眼看就要截住了，他竟一飛就上了簷頂，或一掠就過了圍牆，甚至一聳身就躍上了樹頂、越過了攔截他的人的頭頂，無論怎樣，都截不住他。

饒是這般，這人仍得左閃右躥的躲避眾人的追截，因而，白愁飛、歐陽意意和祥哥兒已逐漸迫近這黃衫人。

白愁飛本就長於輕功，他名字裡的「飛」字決不浪得。歐陽意意外號「無尾飛鉈」，祥哥兒綽號「小蚊子」，自然都在身法上有一得之長。

他們已追近那黃衫人。

那黃衫人一面逃避追截，一面急轉入一條長街。

白愁飛等人腳下自然也不稍緩，急躡而上，忽見一條黑影自天而降，落在白愁飛身前。

白愁飛應變奇急，左手一格，反掣那人，右手中指已捺在那人印堂之上，卻把指勁凝住不發。

歐陽意意和祥哥兒這時才弄清楚，來的原來是白愁飛近日身邊的新貴和心腹：梁何！

◇◇◇

梁何道：「拜見樓主，我有事稟報。」

白愁飛冷哼撇指。

「前面的街子，叫做『半夜街』，是條崛頭街，沒有出路，現在才入夜，冷清清的，半夜才有小販雲集，熱鬧非凡。」

原來白愁飛一路追蹤，梁何也一路佈署，把黃衫人截死在這條無路可通的街衖裡。

「派孫魚趕去那兒看看，究竟發生了甚麼事，怎麼會給人發現了人質，還把人給救走了，卻連一個訊號都不發！」白愁飛正追得鼻孔噴氣：「咱們堵住他！我就不信他們這回也跑得了！」

有些事情不到你不信。

一滴水裡有十萬性命，一個人的血管足有十里長，你看到的星光是十萬年前的，你信不信？

可這些都是事實。

溫瑞安

五十七　機尾

這條「半夜街」，真的只有半條街。
追得似只剩下半條命的人，終於把那黃衣人和兩個他一手救出來的人追到了街的死角處。
街的死角是沒有街了。
只有一所大宅。
兩扇緊掩的銅門。
兩座石獅，瞪睛張口、突齒挺胸，但看去卻可愛多於可惡。
門前還有一副對聯：

長街從此盡
小敘由今起

大門前高掛了兩隻紅燈籠，左書「舍」字，右寫「予」字。

黃衫人到了這兒，居然也就停了下來。

他們見此情形，也停了下來，慢慢圍攏，卻不敢迫得太近。

——反正鳥已入籠，飛不出去了。

不意，黃衫人卻整整衣衫，居然去敲門。

篤。篤篤。篤篤篤。

屋裡的人居然也開了門。

黃衫人和他帶著的兩人，馬上一閃而入。

◇◇◇

「金風細雨樓」的人都面面相覷。

——本來，是梁何率人佈署，四面包抄，趕狗入窮巷，把人堵死在堀頭街裡，可是，現在看來，是黃衫人自願過來這兒，正好讓風雨樓的佈陣「成全」了，而他早已有人在屋裡接應。

白愁飛狠狠盯了梁何一眼，問：「這是甚麼人的房子？」

梁何：「不知道。」

白愁飛：「他的樣子如何？」

梁何：「我們追截的人，沒有一個來得及趕得過他前面的。」

白愁飛豎眉：「一個也沒有？居高臨下的也看不見？」

忽聽一人遠遠的道：「我看見。」

白愁飛下令：「過來。」

那人過來。

白愁飛問：「叫甚麼名字？」

那人答：「我叫田七。」

梁何補充：「他是第七號劍手，在『小作爲坊』狙殺朱小腰不成，但卻殺傷唐寶牛有功，所以我把他調來這兒。」

白愁飛：「你看見甚麼了？」

田七：「當時我伏在象鼻塔右側的榆樹上，他正好經過，我瞥了一眼。」

「怎麼個樣子？」

「這……很難說。」

「說！」

「他戴著個面具。」

「甚麼面具？」

「除了露出了眼睛之外，面具上就只劃了個問號。」

「問號？」

「是的。」

「哼，嘿，問號！」白愁飛悻悻的說：「幸好，跑得了和尚跑不了廟，要不，把廟也一把火燒了，看他爬不爬出來面世！」

◇◇◇

白愁飛說完了，也去敲門。

他罵的時候，相當激動，但在行動的時候，卻十分冷靜。

一個領袖人物，做事自有他的一套方式，如果連在盛怒之中易出錯、得志之時易生疏忽、必勝之時易大意失手這些道理都不懂，他根本不可能成爲一方之雄、一派宗師，那些一時豪傑、一日英雄，才輸得起這樣的分，因爲他們根本就不在乎生命。

他罵人的時候，還有餘怒，但在敲門之際，已十分心平氣和。

篤，篤篤，篤篤篤。

他也是這樣敲門。
門也居然開了。

◇◇◇

開門的是一個年輕人。
刀眉、薄唇拗著、一對眼神憂悒得十分慓狠。
他腰間斜插著一把劍。
一把普通的，但沒有鞘的劍。
這劍看似隨手就插了上去，但白愁飛只瞥上一眼，就知道：天底下決沒有比這把劍的插法，更令眼前的青年人更快、更易、更方便拔劍出擊的位置了。
他一看到這把劍的繫法，馬上就起了敬意。
同時也生起了鬥志。
——世上有一種人，遇挫不挫，遇強愈強，見惡制惡，逢敵殺敵。
白愁飛顯然就是這種人。
他好勝，他要勝完然後再勝，他一不怕苦，二不怕死，三不怕難。愈難愈顯出他解決困難的能力，愈危險愈見出他克服危險的功夫，而愈可怕的敵人，愈能逼出他的真本領來。

他見著這個靜靜的、沉沉的、就算熱烈也以一種森冷的方式來表達的年輕人，他心中就無端的奮亢了起來。

幾乎只有在遇上關七、蘇夢枕、王小石時候，他才會生起這種燃燒的鬥志。

◇◇◇

白愁飛劈面就問：「你是誰？」

那青年冷冷的看著他：「你又是誰？」

「有三個逃犯，逃到你家去，你要是不合作，我隨時都可以殺了你。」

「我只知道有三位親戚，來到我家，有一群土匪，要追殺他們。」

「你敢這樣說話，可知道我是誰？」

「你在我門前訛稱追緝逃犯，又可知我是甚麼人？」

兩人針鋒相對，各自不讓半分。

梁何忽乾咳了一聲。

白愁飛退下半階，梁何即湊近他身畔，說了一句：

「他是冷血冷凌棄。」

◇◇◇

白愁飛退下去那半階，就沒有再重新踏上。

「原來是你。你身爲捕役，窩藏要犯，知法犯法，可是罪加一等。」

「你身爲黑道幫會領袖，竟然在公差面前，妄圖訛稱行騙，顛倒黑白，明目張膽迫害良善。既是法理難容，天理亦是難容。」

「你——」白愁飛強抑懊怒，長身道：「來人呀，給我進去搜。」

冷血二話不說，唰地拔出了劍，劍尖直舉向天。

他守在門口，沒人敢進一步，但各人劍拔弩張，格鬥正要一觸即發。

忽聽有人懶洋洋的笑問：「——甚麼事呀？巴拉媽羔子的，還沒半夜，這條半夜街就熱鬧得個屁門屎眼兒碰碰響了!?」

施然行出的是一個虬髯豪士。

白愁飛見了他，也只好上前行稽首之禮：「舒大人。」

他是負責皇城戍守的兵馬大統領舒無戲。

他身邊還有一個人。

一個矮了半截的人。

因爲他坐在木輪椅上。

這人也很年輕，笑起來也帶著冷峻之色，眼神明亮得彷佛那兒曾鯨吞了三百塊寶石。

這人雖然比人矮了半截，但天下間誰都不敢小覷他的份量：就算他只坐在那兒，彷佛也比任何人都高上二十七、八個頭！

◇◇◇

他當然就是無情。

四大名捕之首：盛崖餘。

◇◇◇

白愁飛一見到這個人，就情知這局面已討不了好。

何況這兒還有另一個人：

——舒無戲。

有這麼一個在皇上御前大紅的官兒，白愁飛如果還要想日後的晉身，不能說錯甚麼話兒、做錯甚麼事兒了。

所以白愁飛先向無情招呼：「你也在這兒？很奇怪，怎麼好像到處都有你份兒似的，這當捕快的差事，定必因天下太平而輕鬆得緊吧？」

無情道：「也不盡然。你就別小看這是皇城，大白天當街殺人？才入黑滿街追人的事，倒是常見，不費心看看，可有負皇恩浩蕩哩！」

白愁飛乾笑道：「怕只怕平民百姓本無事，倒是吃公門飯的假公濟私，藉位枉法，當真箇無法無天、欺上瞞下了。」

無情剔起一隻眉毛道：「有這樣的事情麼？」

「大捕頭行動不便，少出來跟貧民打成一片吧？連這種事都不曉得嗎？」

「聽說白樓主今日也是來追剿賊人的？」

「好說好說，我也是深受皇恩，只想爲地方平靖，盡一份力。」

「結果卻追上門來了。」

「得罪得罪，我本追的是賊，卻追入了官門了。」

「胡說！」舒無戲咕噥叱道，似猶未睡醒，「這是我的家！」

白愁飛語音一窒。

無情反問：「既然白樓主率眾當街追殺的是逃犯，那麼，請問犯人姓甚名誰？所犯何事？如何逃脫？自何處逃脫呢？權且一一道來，容或在下為你一齊緝捕逃犯如何？」

白愁飛一時說不出話來。

——該怎麼說呢？

要是說：追的是王天六和王紫萍，自己可要先認了綁架之罪。如果追的是那黃衫客，那麼，又所為何事呢？況且，也不知那黃衣人是誰！這一旦說了出來，只怕討人未得，罪已先行自認，加上有舒無戲在旁為證，只怕不易翻身。

無情就坐在那兒祥笑著，彷彿在說：要打這種官腔，我可是專業的呢！給你三十寸不爛之舌也爭不過我！

白愁飛只有冷哼道：「好，算我看走了眼，就此告罪，也算我中了機關了。」說著，還瞪了冷血一眼。

冷血道：「這兒可沒機關。如果說是機關，我充其量只能算是一個機尾。」

五十八　機頭

白愁飛怒笑向無情道：「如果他也只能算是一個『機尾』，那你就是『機頭』了吧？」

「我？我甚麼也不算。」無情淡淡地道：「如果真有機關，其精采處，必然是集中在『機身』。」

白愁飛喃喃地道：「機身？」

舒無戲這時說話了：「你奶奶的！咱知道你這個幫會是有蔡相爺撐腰，所以到處充字號也沒人管惹。你娘的就你有種，沒踩著大爺咱的尾巴我也不吭。但要是你無故把無辜良善禁錮施刑，還當街追殺，這種事給咱曉得了，就算相爺親至，咱也敦請萬歲爺來評評道理，這不叫胡作非爲麼！」

白愁飛忙道：「是，是，是，沒這種事。我前些時候倒是請了幾位遠客來京，但都是龍八太爺的遠房親戚，我是奉命接待而已，舒爺莫要誤會。」

舒無戲鼻子裡重重的哼了一聲：「是誤會就最好。那你還要甚麼東西？這兒還有甚麼你要的？要不要進來我這狗窩，從幹女人的房間搜到狗吃大便的坑裡去!?」

白愁飛躬身道：「沒……沒有了。」

無情反問：「白樓主不是丟了人麼？」

白愁飛冷笑道：「反正，人已丟了，還嫌丟不夠麼？舒爺請了，這就告退了。」

◇◇◇

一等人自舒無戲府邸狼狽退出，祥哥兒不禁問：「樓主若要硬闖，那三個在逃的人八成還窩在裡邊。」

白愁飛恨恨的道：「闖不得。這姓舒的傢伙在皇上御前叫紅著，而且也跟公孫十二公公交好，要是抓人殺人禁錮人全落在他眼裡，向聖上參了咱們一本，加上諸葛老兒和他四個灰孫子加鹽添醋的，只怕乾爹也抵不住他們這記發橫。這擺明了是陷阱。我看……似乎還志不在此……」

歐陽意意也甚同意：「看來，這裡面確還有陰謀……」

「唏！管他甚麼陰謀，我還得要先去會一人。」白愁飛發狠道，「就算王小石救得了他老爸和老姊，他也防不了我這一著！」

◇◇◇

白愁飛來到城中，瓦子巷、象鼻塔，果然另有所圖。

他似乎還留有「殺手鐧」。

這「殺手鐧」，好像就是他要見的人。

——他要會晤的到底是誰呢？

◇◇◇

白愁飛來城中一趟，有幾個目的：包括勘察「象鼻塔」的形勢，設計一場狙殺來破壞王小石的形象、在人們百姓中建立他的親和力，以及要見一個人。

至於白愁飛「要見一個人」是甚麼人，孫魚可全不知曉。

他和梁何一起負責白愁飛在瓦子巷一帶的安危，以及安排那一場「假狙殺」——

——其中最難的部份，就是得要騙一個「金風細雨樓」裡又牢靠但又愚騃的弟子去送死：只要他一說出「是王小石派來的」，就殺了他滅口。

孫魚知道這是一個「立功」的好時候，可是，他對這個「功」卻有點「卻之不恭，受之有愧」。

他認爲誰都有活下去的權利。當然，如果在捨死忘生的鬥爭中，他當然是寧可是「你死我活」，但如果要他在相識的手足弟兄中硬把一人選來平白「處死」，他一是不忍爲，二是怕做了之後後果重大，人命關天，現在自己仍重權在手，不怕人說話，可是人有三衰六旺，萬一有個甚麼的時候，不一定就承擔得起。

但白愁飛的意旨下來，他又不便不做。

所以他便心生一計。

——那就是「請示」梁何。

梁何很欣賞孫魚的「請示」。

他馬上「介紹」了一個人。

那是「十四號」殺手「金錢鞭」歸當。

「這個人，遇戰退縮，一味討功，兩面討好，立場動搖，早該死了。」梁何出示他在監察「小作爲坊」那一場暗殺行動中歸當表現之紀錄檔案，「派他去死，讓他光榮殉職，是便宜了他。」

孫魚當然知道「兩面討好」和「立場動搖」寓意：十四號殺手歸當，的確不只對梁何奉迎，對自己也十分諂媚，而他曾設法多方討好白愁飛，只不過，白愁飛一朝得志，並沒有怠惰沉淪下來，還無暇注意到他這號人物罷了。

孫魚當然不會說不。

他也要避嫌，更懂得保護自己。

所以更不能「保住」歸當，只好讓他送死算了。

故此，「金錢鞭」歸當就成了犧牲者。

可是這「犧牲」的成效似不甚「益彰」。

因爲大家都不大相信王小石會這麼做，而白愁飛又素有「前科」。

更掃興的事，居然有人在這節骨眼上「救走」了用以挾持王小石的兩名人質，而且事先不可能一點警示也沒有。

白愁飛立即下令孫魚去「看看」。

孫魚立即就去了。

他一路趕到「八爺莊」。

八爺莊守備森嚴。

八爺莊裡住了個在朝中、武林、黑白二道的大人物：

——龍八太爺！

五十九　機關

孫魚先行求見龍八太爺。

龍八即行予以接見。

孫魚得入內廳，見龍八正會晤一個頭陀、還有兩名「客人」。

這頭陀正在端杯飲茶，他左手卻少了根尾指。

那兩名「客人」，孫魚也見過。

他們來頭都很不小。

一個是「落英山莊」莊主葉博識。

一是「天盟」總舵主張初放。

他們顯然都在「密議要事」，不過，也沒把孫魚當外人就是了。龍八把孫魚傳了進來，一見他氣急敗壞的樣子，就不說二話，劈面就問：

「發生甚麼事？」

「是八爺這兒出事了吧？」孫魚反問。

「甚麼？我這兒？」龍八一時還摸不著腦袋。

「大驚小怪！」那頭陀笑道，「八爺這兒，太平無事，誰敢在太歲頭上動土！」

「是沒有人敢在當著八爺威名下鬧事，」孫魚見這種擅於巴結奉迎的人可多了，他自己也是這樣硬擠上來的，所以管他甚麼頭陀，他一句就頂了過去，「但有人卻敢背著八爺掘土撬牆──要真的出了事，你擔待得起？」

龍八用手大力撫挲著下頷，吐了一句：「他擔當得起。」

孫魚一怔，龍八笑著引介：「這位是當今六大神秘高手：『多指橫刀七髮、笑看濤生雲滅』中的多指頭陀。這位少俠則是當今『金風細雨樓』樓主白愁飛當紅得緊的愛將『殺手鐧』孫魚。」

孫魚唬了一跳，知道眼前這頭陀就是大名鼎鼎五台山的多指頭陀，聽說這人是丞相蔡京在江湖上佈下的一員猛將，武功高，功勞更高，自己那幾句話未免說得太不知天高地厚了。

多指頭陀卻笑著打量孫魚：「好，好！少年人端的是有俠氣豪情！敢出言衝撞洒家，這得要有非凡勇氣；敢說真話，才是好部下，難怪受白樓主重用。」

龍八又托著下巴，問：「你神色敗壞，到底是甚麼事？」

孫魚忙報道：「王天六和王紫萍，給人救走了。」

龍八大詫：「哪有這回事！他們不是一直鎖在『深記洞窟』裡麼！」

孫魚道：「人的確是給劫去了。」

多指頭陀問：「王天六？王紫萍？很重要的人嗎？」

龍八跺足道：「他們藉藉無名，卻是王小石的至親。只要扣住他們，王小石投鼠忌器，就不敢發難。……我一直都著鐘午、黃昏等好手看守著他們，他們是怎麼逃掉的？」

葉博識接道：「就算逃了，也一定會有警示的，孫統領有沒有看錯？」

孫魚道：「他們的確在鬧市中出現。白樓主剛還跟救走他們的人動過手來，現在還在追他們呢！」

張初放道：「爲求證實，何不馬上過去看看？」

「對！」

於是他們一齊趕到「深記洞窟」。

龍八當然領著大家一起去。

他當然不怕。

因爲是「大家一起去」。

——張初放、葉博識都是江湖上不得了的人物，何況還有多指頭陀。

何況，這還是他自己的地盤，誰也不敢踩進來。

他不相信有人能夠無聲無息的把人質救走。

因爲這兒遍佈機關。

而且沒有人會知道白愁飛會把人質收藏在他那兒。以龍八太爺的身高權重，除非是當今天子或是丞相蔡京、童貫王黼公孫十二公公、哥舒懶殘等一級官顯親自下令，否則，誰敢搜查他的府第？

就不說其他的了，他龍八太爺也不是省油的燈！

◇◇◇

一路都有油燈。

但更多的是機關。

就算是龍八太爺帶著的一行人等，都得要小心翼翼，以免誤觸機關，誤踏陷阱。

負責八爺府監護戍守的總領「太陽鈷」鐘午以及負責「深記洞窟」把守監督的

統領「落日杵」黃昏，都絕對不承認、也決然不相信王天六和王紫萍已給救走一事。

他們引領大夥兒下地窟察看。

地牢裡關了不少人。

——雖然這地窟名為「深記」，但不少人已忘了在這兒給關了多少時日，甚至已給遺忘，有的只剩下一堆白骨。

牢裡白骨纍纍，有的衣不蔽體，哀號呻吟，掙扎求生，真是慘不忍睹。

龍八他們根本視若無睹。

通過這些關了諸形諸色、慘惡不堪的囚犯牢籠之後，就轉入一處石窟，這地方有人打掃，比較乾淨，也總算有石檯床榻，黃昏帶到第十九房，指著房門口那原封不動的大鐵鎖道：「爺，您看，分明沒有人開過。如果有人不開門都能把人犯神不知、鬼不覺的救走，那除非是神仙了。」

龍八長吸了一口氣，望望孫魚。

孫魚堅持道：「他們確是走了。」

龍八頓足道：「開門看看！」

鏽鎖和曲匙，發出極難聽的嘶鳴，像兩頭殊不對稱的異獸，在交織夾纏一齊，扭曲不已，終於無法化解，分不開來的哀號一般。

這時，多指頭陀忽然道：

「慢著。」

龍八訝然：「怎麼了？」

多指頭陀疑慮地道：「我恐怕——」

話未說完，地窟燈火盡滅。

黃昏即生警覺，但鑰匙已給人一把搶去，他也給人一腳踢往旁滾出丈外，在狹窄的地窟裡連環滾撞了幾下厲烈的，痛得慘呼連聲。

軋——的一聲，十九號牢房已開。

房裡有幽黯的燈火閃爍。

房中有人。

一形容枯槁的老者在房內嗆咳。

一憔悴女子正爲他捶背。

兩人的眼光都落在門口。

看著門口這些人。

——看著門口這些無故把他們禁閉了那麼久的人，今兒到底又拿他們怎樣！

卻沒料，這次，他們看到的竟是——
自己的親人！

六十　機械

王小石！

「小石頭！」

王天六和王紫萍忍不住都一齊一起的同呼出聲！

王小石來了！

在燈火給打滅的剎那，王小石已奪得鑰匙，迅疾地開了門，終於重會了老父與胞姊。

他衝了進去，強抑住摟住睽別已久，原以為已生死相契的親人，抱頭痛哭了起來的衝動。

房裡畢竟還燃有兩盞油燈，照得見人物，而石窟裡的燈火，很快的又給重新點燃起來。

龍八、多指頭陀、乃至孫魚等人，都是聰明人。

他們很快就明白了一件事：

——中計了。

王天六和王紫萍根本未曾給救出來。他們一直在這洞窟裡。救走的人當然是假冒的，目的是使白愁飛作出反應。白愁飛果然作出反應：他派孫魚去查看關人質的地方出了甚麼事。龍八也作了反應，他下「深記洞窟」看人質還在不在。這一看，就教一直偷偷跟蹤孫魚的王小石探出了關他親人的人和所在！

王天六和王紫萍一旦見著王小石，自是十分激動。

王天六還是一下子搞不淸楚兒子怎麼會跟這幾個「大壞人」一齊出現。

不過他信任小石頭。

——因爲他是他的兒子。

他知道小石頭一定不會害他。

所以他瘂聲道：「天，你這個不孝的畜牲，怎麼現在才來——」

王紫萍雖然是王小石的姊姊，可是她的聰明智慧，江湖經驗，跟王小石相距不可以道理計。

她跟王小石一直有一樣特性是非常接近的：那就是天真。

小的時候，她跟王小石都相信：每一棵樹、每一朵雲、每一顆石子，都有它的「神」，都有自己的特性，所以哪怕是丟一粒石頭、折一枝椏，都要細聲問過「它們」的同意。

長大後他們當然不這樣想了，但王紫萍仍是以爲忠的奸的都會頭上刻字，好人壞人一眼就可以辨別得出來。善惡到頭終有報——若然不報，人心不平，只好生安白造一個時辰未到的理由來搪塞。

現在的王小石，當然知道有時候大奸似忠、太好則壞，有時連是非黑白都不甚分曉。不過，他倒反相信每一滴水、每一片葉子、每一顆石頭，都會有「它」的靈魂。

王紫萍則早就不信這個「邪」了，可是她認爲她和她的爹爹以及她的弟弟都是「忠」的，沒道理會讓壞人奸計得逞的。

她平白無辜的給囚禁了那麼久，已一肚子氣，發作過，也吃過了虧，因生怕下場更悲慘，又不願連累老父，只好忍氣吞聲，心中想：總有一天，我那了不起、不得了的弟弟一定會來救我們的，那時，哼——！

而這一天，眼前一亮，她的弟弟果然出現了！

她的第一句就是：「打！給我打！給我打死他們！」

她一面叫嚷一面全身發顫，還流了淚。

她以爲她的弟弟是萬能的、無敵的、無所不能的。

她這些日子以來受盡了委屈，就等這弟弟來安慰，來爲她報仇。

王天六話沒說完，聲音卻嘶啞了。

他也等他這個兒子來救他，並爲他所受的苦出一口氣。

而今終於等到了。

——小石頭來了，他定必像往常一樣，先跪下來向我叩頭請安吧？

——小石頭來了，他一定會像昔時一樣，抱著我噓寒問暖吧？

他們不約而同都這樣期待著。

◇◇◇

不。

◇◇◇

王小石是來了。

但他甚麼都沒有做。

他表現得冷靜，冷靜得接近冷酷，冷酷得相當無情，他只向父親和姊姊點了點頭，打了個招呼。

然後他就回身面對龍八太爺這一干人！

◇◇◇

王天六和王紫萍都相視訝然，也相對慘然。

他們第一個生起來的感覺就是：

小石頭變了！

——他們爲他受了那麼多的凌辱和慘苦，作了那麼漫長和焦慮的等待，他居然只匕鬯不驚的點頭淡淡的一個招呼！

一個招呼！

——沒有驚！

——也沒有喜！

只一個招呼呀!?

——就像是不是一個人，而是一台機械！

那大大的有違了王小石的本性！

連同看著他長大的王天六和王紫萍，也幾乎「不得認」這個「小石頭」了！

——眼前這人，冷靜、沉著、淡定、一點也不像王小石當年那種大喜大悲天真漫爛的性情！

◇◇◇

問題只在於：一個大喜大怒的人，是不是就不能冷酷凝定？一個沉默安詳的人，內心是不是就沒有熱情澎湃？人人是不是都清楚自己的本性？你所看到的，到底是不是這人的本性？

王天六和王紫萍當然沒想到這些。

他們也不必要去想這些。

——他們不是甚麼江湖上位高權重的大人物，也不是民間甚麼德高望重知名人士，他們要想好好的活下去，而且還要活得好好的，最好的方式便是少想一些，不必多想不該想的事。

消息、情報、資訊，都是給有雄心壯志、思想敏捷的人爭強鬥勝用的，要是無心戀戰只想安居的人，的確可以一本通書讀到老，單是縫紉、補鞋、編籐椅便可以過這一輩子。

王小石面對龍八。這時候，他身邊也立時出現了兩個人，一左一右，掠入囚室，一個扶起王天六，一個護著王紫萍。

他們是「用手走路」梁阿牛、「面面俱黑」蔡追貓。

——兩人都是「象鼻塔」新一輩中輕功好手，只怕跟「白駒過隙」方恨少亦不遑多讓。

王天六和王紫萍初以爲是敵，大驚，還未失色，王小石已神凝色定的說：「他們是我的朋友，梁阿牛、蔡追貓二俠。」

王天六忍不住冷哼：「難怪變了樣，原來來到京城，朋友多了。」

王紫萍一見兩個男子，一個眉劍目星，氣宇昂揚；一個老實可愛，害臊英俊，心中已生好感，忙招呼道：「曖呀，你們跟我弟弟很熟吧？我那弟弟啊，小時不愛讀書，老是調皮。啊呀，你們哪個是梁公子？哪位是蔡大俠呀？爲甚麼這麼多名字不好叫，卻叫阿牛呢？令尊大人一定是務農的吧？至於那位蔡……一定很愛追貓了吧？爲啥有鳥不追，有龍不追，卻是追貓呢？你跟貓兒有仇吧？哈哈哈。不如去追月、追風，你聽，多風雅啊……」

她竟一個勁兒的說下去。

蔡追貓人好，聽得猛點頭敷衍著，十分靦腆。

梁阿牛翹起鼻子，皺著眉頭，表示煩惡不理。

六十一　機會

王小石對龍八微笑道：「招待我這位老姊，肯定讓你們辛苦了。」

龍八側著頭、板著臉，撂著一大把的長髯，威武的吭了一聲：

「王小石？你還沒死？」

龍八站得遠遠的打量王小石，一副左看、右看、上瞧、下瞧，滿是防衛的樣子。他曾跟王小石會上過，也交過手，當時還差點喪在王小石手裡，所以他一見王小石就心有點飄忽忽的虛。

王小石依然微笑，兩隻眼瞼下蘊漾著兩顆會笑的小卵石子：「龍八？又是你！」

龍八叱然：「放肆！你是甚麼東西，老子的名字是你叫的！？」

「去你媽的狗臭屁！」王小石猛然回叱：「你的官兒我還瞧不入眼，少在我面前發雌威！上一次不是爲了殺個比你更狗的官，早就不饒了你的命！」

龍八氣得全身打顫：民間一直在傳龍八之所以得蔡京信重，就是因爲他能迎合權相斷袖之癖，他最在意這種流言，不知已枉殺了多少人，而今王小石一句「雌威」便當頭砸下，他當然氣歪了鼻子。

多指頭陀卻搶身笑道：「令姊是不好招待，但令尊是委屈辛苦了。」

王小石一聽，知道來人不好與，便拱手道：「還未請教？」話未說完，他的視線已落在對方的手指上。

多指頭陀知瞞不過去了：「我和令師是好友哩。我手只兩隻，指比人少，人們卻管叫我多指頭陀。」

王小石一聽，馬上長揖到地，恭聲道：「家師一直蒙你照顧，晚輩一直仍苦無機會向你拜謝呢！」

多指頭陀一直都在錢財上助天衣居士支撐「白鬚園」，但他和王小石卻不曾會過面。天衣居士當然曾向王小石提過這個「大好人」。多指頭陀心中暗忖：連天衣居士都不知道我是蔡相爺的心腹，你這小子就更不得而知了，——只要他不知道，自己就是友非敵；只要他這樣想，不加提防，性命就等同交到自己手上。

所以人最怕的不是敵，而是怕所託非人。

——知己相負，暗裡戈矛，要比明刀明槍、殺入敵陣更凶險。

多指頭陀伸手在王小石肩上略略一扶：「世侄不必如此多禮，咱們算是世交了……」

先。」

那長袍瘦漢，卻捫著三綹長髯，冷笑道：「世交是你們的事，王小石是失禮在

王小石目光一轉，跟長袍漢對了一眼。

王小石眼神不算很銳利，但長袍漢有一種給老虎盯住了的感覺。

王小石道：「是葉莊主？」

葉博識道：「你私闖入官家重地，私家院宅，該當何罪？」

王小石道：「龍八私自禁錮一個老人和一個弱女子，若論罪衍，不堪並比。」

葉博識一怔道：「他們不是龍八太爺抓來的，也跟我們無關。」

王小石道：「那剛才你又說是私家重地？官家院落？不關你們的事，你們又來這裡混東南西北哪一門子的吉？」

葉博識爲之語塞。

「人是我請回來的。他們犯了法，我們道上的兄弟看不過眼，把他們請回來待王少俠給個交代。」

說話的人又胖又矮，像一粒冬瓜，樣子很可愛，笑起來很狡獪。

他現在就正在笑。

他居然還笑淫淫的、色迷迷的看著王小石，像把王小石看成了一個如花似玉的

小婦人般的。

王小石偏了偏頭，斜睨了他一眼：「『天盟』盟主？」

那人也偏了偏首，笑瞇瞇的道：「正是張某。」

王小石抱拳道：「請教。」

張初放和氣的說：「請說。」

王小石問：「這兒是不是衙門？」

張初放道：「不是。」

王小石：「這裡是不是閣下的府邸？」

張初放：「非也。」

王小石：「天盟是隸屬於軍隊哪一系？」

張初放一楞：「我們不屬於兵部。」

王：「那就是道上的了？」

張：「你的『金風細雨樓』也一樣。」

王：「但我已不在『風雨樓』了呀！」

張：「不過你又成立了『象鼻塔』。」

「對，象鼻塔和天盟都是一個貨色，既然不是替官方辦事，請問：就算家父家姊犯了事，你們有甚麼權力把他們關起來？」

「這……他們犯的事，人神共憤，我們為替天行道——」

王紫萍尖叫起來：「沒有這種事！」

看她的樣子，如果不是給蔡追貓一手拉扳著，她已衝過去猛抓張初放那張胖臉，讓他留下十道八道的血口子留念了。

王小石卻神色不變，保持微笑道：「哦？有這種事？既然如此，我就大義滅親，把他們押去四大名捕那兒，好好的把案子審一審。」

張初放為之氣結：「誰知道你打的是甚麼主意？你們是一家子，說不定這一回頭你就把人給放了。」

王小石道：「對，張盟主大可和我們一道上衙門去一趟，或去神侯府一行，如此最好不過，還可以去指控罪狀，到時作個證人，這叫鐵證如山，罪重刑嚴！」

張初放道：「這……」

王小石：「不必這了那了，張盟主就一起走這遭吧！」

葉博識：「慢著！別來這一招，誰知道你跟四大名捕有沒勾結？」

「我跟四—大—名—捕—勾結？」王小石誇張的指著自己的鼻樑：「那我又怎知道你們有沒有跟王八——不，龍八太爺勾結？怎知道你們剛才說的話是不是都先串通好了的!?你相信這樣一個女子和病老人會幹下傷天害理的事，還是像葉莊主這樣一位一臉陰森、張盟主這樣一位滿面虛僞、還有那個一臉長得似鐵烏龜烏王八的傢伙聯合起來坑害這位老人家和弱女子!?嘿，嘿，好啊，來呀，見官去，不妨驚動諸葛先生、刑總朱大人，正好評評理去！」

葉博識和張初放一時不及把槍頭掉過來，龍八氣在火口上，正要跺腳發作，多指頭陀卻道：

「這事讓我評個理。」

王小石必是以爲多指頭陀既是他師傅至交，定會站在他那一邊，於是歡忭的說：「大師是武林聖雄，江湖名宿，能說句公道話，自是最好不過了。」

——王小石當然不想動手。

因爲一旦動起手來，敵方人多，而且父親、姊姊都在這裡，很容易照顧難及、擔了風險。

多指頭陀向龍八沉聲道：「八爺，洒家跟你是老相識了，沒想到，你行事還是這般不擇手段，不顧後果，這次，洒家可不能再偏幫你了。天道人心，洒家總不能逆天行事。」

（他心中盤算：這是一個飛來的機會，如果能藉此拿下王小石，那麼，此番來京，拜見相爺，手上可有一個比當日邀天衣居士入京更大的功勞了！）

龍八太爺懊惱地鐵了臉：「大師，你這是甚麼意思？枉我們相交一場，你卻來幫個外邊來的不上道的！」

多指頭陀嘿笑道：「話不是這樣說，我是幫理不幫親，更何況這世侄是洒家故人的愛徒，又是你們擄人在先，你們理虧，洒家不能不跟他站在一個邊上的！」

說著，真的跨了過去，跟王小石並肩而立。

（他心裡卻想：他該一舉手間殺了這小子好呢還是拿下他好呢？殺了他，自在門天衣居士一系可謂死光死淨，日後也省得有人找他麻煩，要是擒住，相爺那兒會高興一些，但世事難測，萬一王小石也像白愁飛那樣忽爾成了相爺乾兒子，豈不是成了自己日後一個煩惱蔺？還是殺了的好！）

葉博識目光一轉，罵道：「賊驢！你吃裡扒外！」

張初放把精厲的目光收入厚厚層層的眼皮裡，叱道：「嘿，你要找死，那也由你！」

多指頭陀向他伸出左手食指，放在唇邊搖了搖：「錯了，不是你，而是我們。」

王小石淡淡地道：「我既然來了，那就不怕甚麼了。」

多指頭陀又右手食指，豎在唇邊向他道：「你也錯了，是我們，不是我。」

「太陽鈷」鐘午怒道：「你這修不上道的，竟敢吃裡扒外！」

龍八立即截道：「多指，我們是多年朋友了，當日，你一味護著許笑一，不許我們動他，使我們行事，諸多不便；今日，你又匡護著他的徒弟，這不是打明著跟我們作對嚒！」

多指頭陀洒然道：「洒家跟許居士是生死之交，跟你只是酒肉朋友，這裡面情義一深一淺，怪不得洒家！」

「去你媽的！」「落日杵」黃昏張口就罵，「你是牆頭草，一會兒相爺一會兒八爺，而今又乘風轉舵轉錯了向！我就教你好瞧的！」

龍八又馬上接道：「多指，王小石有多大的斤兩！他帶來的只不過是九流的地方小混混兒，撐不了場！你這樣相幫，恐怕回不了五台山了！」

王小石忽道：「大師，我膽敢請教一事。」

多指頭陀本與王小石已相距極近，正要找機會動手，而今王小石這般突如其來了一句，他心中一沉，臉色不變，豪聲道：「你當問就問吧，我能答必答！咱們這一戰之後，要不地獄相見，要不去痛飲他箇豬大腸！阿彌陀佛！」

王小石忽爾一揚手，嗖的一聲，在場的人還以爲他要施放暗器，提神戒備時，才知一隻鳥，已從他袖子裡飛上半空迅即越過圍牆影蹤不見。

六十二　機警

眾人正在猜疑，卻聽王小石問道：「家師赴京時，如有你相幫，恐怕就不一定會死在元十三限手上，當時，你在哪兒？」

多指頭陀哈哈大笑，笑了一會兒，眼眶才漾起了淚光，「你師父的爲人，你是知道的，他既然要赴京，幹那冒險的事兒，他怎會讓他的朋友知道！」

王小石道：「——要是你知道了呢？」

多指頭陀馬上接下去：「要是洒家知道，死的不是元十三限，就是許笑一和洒家！」

然後他的眼淚簌簌落下來了，仰天慘笑：「許笑一啊許笑一，枉我們相知一場，你的愛徒卻把洒家的爲人看扁了！罷，罷罷，洒家今日能爲你拚命，要是你師父的事教我一早知曉了，沒有教你師父獨赴黃泉的事！」

然後他仰天（當然那只是洞頂）長嚎道：「天日昭昭，天道何在！我多指頭陀教故人之徒看成豬狗不如的東西，嘿，好，我今日就跟這些搖尾巴的狗腿子一戰，以明心跡！」

然後他向梁阿牛、蔡追貓、王小石「下令」道：「你們帶著病老人和弱女子走吧！這兒都交給我了！」

說話的倒是王紫萍，相當吃驚的看看他剩下的四隻手指：「只你留在這裡——你應付得了!?」

多指頭陀凜然悲笑：「洒家怕甚麼？甚麼場面洒家沒見過!?洒家今日只要給老朋友泉下之靈作箇交代！」

王紫萍吐舌道：「那也不見得真要下地獄去一五一十的訴苦吧！」

蔡追貓這時忍不住小聲的對梁阿牛說：「我看，王老大的姊姊可不是甚麼弱女子，她舌頭可比我們都利呢！」

梁阿牛鼻子哼哼嘿嘿的咕噥道：「咳，悍婦，悍婦！惹不得，不好惹！」

只見多指頭陀聚氣運勁，正迎向龍八那一干人等，就要出手，忽見一手搭著他的左肩，多指一看，只見王小石熱淚盈眶，感動的說：

「大師，我只是有疑團，你不要見怪。今日這兒，豈有大師獨上刀山而小石置之於油鍋之外的事！我師父欠了你的好意，小石又豈能再辜負你的盛意！」

然後他激聲道：「讓我們一齊來闖這一關，打出一條生路吧！」

——如此最好不過！

多指頭陀簡直是喜出望外！

——這小子還是不夠老練，畢竟仍是上當了！

但他越得勢，就越沉著，用右手輕輕一攬王小石的肩膀：「我雖然沒有機會跟你師父同生共死，但能與他的愛徒並肩作戰，我很歡喜！」

他一面說著，已悄悄運聚「無法大法」，右指暗施「多羅葉指」，要在電光火石的剎那之間，連扣王小石二十四大要穴，而左手暗運「拈花指」，只要王小石有任何反擊，立刻蓄勢而發，以至柔的內功發出凌厲的指勁，先要了王小石的命！

他雖然身列天下六大神秘高手之一，但相較於他的實力，他的名氣還不算怎麼大。

因爲大多數的人，都不知道：其實有好些不得了的高手，像「霹靂洞」的「三匙公子」、九九峰的「居然神僧」、「圓環大王」梅軒、「大丈夫」沙珠、祈連山的「獨燃老人」、以及瓦坑嶺的「撲空上人」、乃至蜀中唐門高手「西風日下」唐折東等人，都是死於這位多指頭陀的手上。

他們在死前，有一個共同點，就是都當多指頭陀是他們的好友。

——他們可以說就是因這一點而死的。

多指頭陀殺了這些本來誰也殺不了的人，當然得到不少權力、金錢，但卻沒有獲得名氣。

因爲他不想太出名。

——太出名，就殺不了更出名的人了。

——要成功的殺死一個不易殺的人物，最好的方法，就是要他完全不提防自己。

所以他才能在今天以一種攻其無備的手段，暗殺王小石！

所以他才能使天衣居士以一種感激的心情，給他誆去送死！

所以他才能以一種好人的姿態，卻做盡了惡事！

所以他現在才能出其不意的制殺王小石！

——雖然黃昏、鐘午這些人並不夠精明，反應遲鈍，真以爲他窩裡反，但這也無妨，反而能逼出他爲王小石倒戈龍八的實感來！

他這一擊，「多羅葉指」功和「拈花指」勁渾然運聚，對擒殺王小石已志在必得！

——佛家功夫，已給他練成了魔功殺法。

他慣於狙殺。

對於暗殺，他已經驗豐富，且習以爲常。

他能整治掉王小石的師父，就一定收拾得了王小石。

他自知一定能得手。

——因爲王小石意料不到他的暗算，正聚精會神對付身前的敵人。

然而真正的敵人就在他的身邊。

——對英雄而言，最可怕的敵人，永遠不是在他身前。

再勇武的人，只要先捱了七刀八刀，武功再高只怕也比不上一個平常人了。

高手交手，只爭刹那，只差毫釐，像多指頭陀這樣的好手，只要他出手在先，而對手又不加以防範，那麼，就算是高手如龍放嘯、淩落石、劉獨峰、淮陰張侯再生，只怕也得吃虧當堂。

多指頭陀可不只要王小石吃虧：

他要擒住他，成爲自己的功勳，或者殺了他，成爲自己成功的墊石。

他有多年和多次的狙擊經驗：

到這地步，他已可判定——王小石完了！

因爲他的立意已生：不管是殺是抓，只要指勁一旦發了出去，就先毀了王小石的功力、筋脈，就算蔡京留著他的狗命，他也永遠失去了武功，成了廢人，再也不能向自己報仇。

那麼，他就可以安枕無憂了。

這一擊，他勢所必成。

◇◇◇

所以，他失敗了。

◇◇◇

他的指勁一發動，龍八那張不怒而威的紫膛臉，終於笑逐顏開。

他上次給傅宗書當作是試驗，曾在王小石手上吃了個大虧，但他當著傅相面前不敢發作，唯有忍氣吞聲，但那一遭一連吃了王小石三枚石子，到現在額上還留下個痕印，他自認是奇恥大辱，而且在相學上，印堂見破，對官運必有阻塞，對權力求之若渴的龍八，自然在心裡也留下了個永不磨滅的仇忿。

他簡直恨死了王小石。

當年，蔡京有意收買招攬「金風細雨樓」的新銳，伺機篡奪素不肯聽命於他的蘇夢枕手上大權。龍八就力主擇白愁飛而棄王小石。

然而，蔡京愈見龍八憎惡王小石，就愈想重用王小石，並用他來牽制野心大志氣高的白愁飛，結果損兵折將——傅宗書死，但這對蔡京也沒虧蝕，反正他要重掌相權，正好利用王小石替他清除障礙。

真正恨透了王小石的，反而是龍八。

所以當白愁飛綁架了王小石的家人，用來日後萬一之時可以威脅王小石，龍八就自告奮勇，表示扣押人質於「深記洞窟」（這洞窟本來就是用來扣押反對相爺的重犯逆囚的），是最安全而又穩實的方式。

白愁飛當然也很贊同：人質放在樓子裡，總有王小石的奸細和蘇夢枕的舊部，不太穩當，也總不能放在蔡京勢力範圍之內。要全城戍衛不敢胡亂搜尋而又掌有軍隊與綠林勢力的，當然是龍八太爺府邸「八爺莊」內那一處關「死囚逆犯」是最好的所在了。

於是王天六和王紫萍便給押來了此處。

龍八當然等著能夠「收拾」王小石的一天。

這一天終於來了！

王小石出現了！

恰好多指頭陀也在。

他深知多指頭陀機變百出，詭詐過人，所以他在語言上也故意順著多指頭陀的勢，目的無非是爲了成全多指頭陀，一舉格殺（或擒住制伏）王小石！

他終於等到這一天了！

他看到多指頭陀已完全取得了王小石的信任，毫無疑問的，王小石在多指頭陀這樣老奸巨猾的老狐狸手下，是必敗無疑的。

可是，他失望了。

事情突然發生了變化：

多指頭陀是先行攬住王小石的肩膀，然後才暗施指勁的。

變化就生在多指頭陀正待發勁、但勁道猶未及王小石要害之際！

王小石也沒抵抗、掙扎，甚至也沒有企圖掙脫出多指頭陀的掌握，卻反而是握手多指攬他的手，全力往前一衝。

衝向龍八。

天下間沒有一種打鬥是這樣子打法的。

沒有動手。

只衝。

——而且是帶動一個正向自己動手的人往另一個大敵身前直衝。

這一來，多指頭陀全神貫注在指勁上，不留意王小石會這麼一衝，第一個反應就是更加箍實王小石的肩膀，生怕給他掙脫掌握，他的手臂當然不能脫離自己的身子，是以，腳步也就完全給對方帶動了。

葉博識和張初放兩人武功雖高，但他們都不明白多指頭陀的用意，一時間搞不清這兩個一齊衝來的人之意圖，所以在這剎間也不知該出手好還是不出手的好。

反而是鐘午和黃昏，認定多指頭陀是叛徒，以爲他要聯同王小石對龍八不利，所以立即雙雙出了手。

他們一個使「太陽鈷」。

一個用「落日杵」。

一鈷一杵，盡往多指頭陀身上招呼。

多指忙著要黐腿飛踢杵擂鈷擊，身形更無法把持得穩，轉眼已衝到龍八跟前。

龍八因曾在王小石手上吃過虧，一見王小石又迫了近來，自是唬了個魂飛魄散，心驚膽戰，爲了自己的安全、性命，這下他可不管甚麼敵人、朋友，大喝一聲，雙臂一分，魁星踢斗，左拳右掌，反攻了過去！

這一下，王小石一擰，正好把多指頭陀的身形，帶向龍八的掌勁拳風去！

多指頭陀在倉促間已不容思慮：龍八亦非等閒之輩，他的鐵拳神掌是決熬不下來的。

此際，他只有一個應變的辦法：

那就是把原先要對付王小石的指勁，全向龍八發了出去！

龍八和多指頭陀，就這樣互拚了一招，交手四種功力。

同在此刹，一道劍光，帶著三分驚豔、三分瀟灑、六分惆悵和一分不可一世的掠起。

另外還有一道斜斜的刀光。

像一道艷亮的流星，惋惜一次美麗的失足。

刀光。

劍光。

還有血光。

◇◇◇

王小石以他的機警，使這一場暗襲、狙殺的結果改寫。

六十三　機件

在多指頭陀和龍八不得已各自平生之力互拚之際，王小石才發出他的「隔空相思刀」和「凌空銷魂劍」，無疑是使人無法招架、無以閃躲、無可退避的。

王小石巧妙的把住了交手的契機，使多指頭陀、龍八兩大高手，反而成了他的機件，而他本身才是機紐和機樞。

不過，就算在這樣不利的環境下，這樣惡劣的變化中，多指頭陀和龍八依然能保住性命。

只不過，龍八血流披臉，捂鼻而退，多指頭陀忽笑了兩聲，喀的一聲，一根手指忽然斷落，身上也冒出了血泉，他這下才兀然笑不出來，變作了喉頭上喀的一聲。

葉博識和張初放兩人馬上長身而出，及時迎戰王小石。

至於黃昏、鐘午二人，反應太鈍，一時還真不知此際是中午還是黃昏了。

王小石一招得手，多指頭陀和龍八太爺一齊負傷。

多指頭陀血流如注，他著刀的身子仍在旋轉著，但他突然做了一件事：一件極突然的事。

他一指發了出去！

直戳孫魚背門！

孫魚犯了甚麼事？

他爲甚麼要在負傷之後，第一個不放過的，就是孫魚？

◇◇◇◇◇◇

孫魚是個機警的人。

極機靈。

自從他跨進了龍八太爺的地盤裡，他一直都沒有放鬆過戒心與警惕。

剛才他一直沒有出手，那是因爲：有多指頭陀這樣的高手在，已根本輪不到他出手。

所以他只觀察。

由於是他通風報訊，以致龍八率眾一起到「深記洞窟」來看箇究竟，他很清楚多指頭陀已先知道龍八把王小石家人囚在這兒的。

所以，多指頭陀要與王小石同一陣線，定必是一種作態，這點他十分明白。

他以爲王小石要遭殃了。

沒料，局勢卻有此突變：王小石利用多指頭陀對他攻襲的刹那——大家都以穩操勝卷而疏於防守，王小石攫著這時機連傷兩名重大敵手！

孫魚心中自是震訝——

饒他聰明過鬼，但仍料不到的是：

多指頭陀竟會在此時向他狙襲！

◇◇◇

孫魚的反應是絕頂的快。

他一乍聞指風，立即往前一掠。

可惜他的武功不是絕頂的高。

多指一指沒戳中，但中指突然長了一寸餘，指尖還是彈中了他的背門！

孫魚大吼一聲，疾吐出一口血箭，腳步已蹌踉，一臉恨色，捂胸嘶叱：

「爲甚麼……!?」

多指頭陀這才去捂他身上的傷口。

說也奇怪，他的手指按到那兒，那處的傷口立即奇蹟般止了血。

多指頭陀一面爲自己封穴止血，一面滿意的說：「他是內奸。」

葉博識一楞：「內奸？」

張初放提醒道：「——他不是白樓主派來的嗎？」

「王小石的家人根本還在窟裡；」多指頭陀的神情似乎很滿意自己的精明，雖然他沒暗算著王小石，還反給對方砍了一刀，斬了一指，但畢竟他也重創了一名「叛徒」，總算沒搶著金子也撈得一把沙子，比旁人是好多了。「不是他引咱們來，王小石根本就不會找得到這兒！要不是他暗中示警，小王八蛋決不知洒家要對付他！他一定是內奸，不先傷他，給他和小王八蛋聯手還得了？」

他宣判。

並在嚴重負傷後還如此精明，這般狡詐。

◇◇◇

王小石立即道：「他不是跟我一夥的。」

多指頭陀馬上說：「你爲他辯護，還不是同黨？誰信！你們在樓子裡的淵源可深呢，別以爲洒家不知道！」

孫魚臉色苦慘，吃力地向王小石道：「你不必爲我說話——你知道的，這時候，愈說，愈糟，越描，越黑……」

王小石了解的點點頭。

歉然。

多指頭陀慘笑道：「不是他通知你，你怎麼知道我要對付你？嘿！說甚麼我都是你師父的至交！」

王小石道：「你錯看我師父了，他一早就知道你是蔡京派去的人，才會坦然接受你的接濟。」

「甚……甚麼！？」

「就是因爲你花的是蔡京的銀子，所以，你給他的財帛，他用來建白鬚園，養珍禽異獸，賑災救難，用得一點也不歉愧。正因爲你是蔡京派去的人，所以他才暗自留心，跟你相處如常，看你到底在搞甚麼鬼。」

「胡……胡說！他要是知道，又爲甚麼不拆穿！？」

「但他當你是朋友，不當面拆穿，是給你面子，希望你終有一日，自行悔改。可惜……」

「他……他真知道了，爲何又會聽了我的話，就赴京城找元十三限的晦氣，終於死在驛途！？」

「因爲你雖然旨在煽動，但說的確是實情。可不是嗎？縱不管你如何添加枝節，誇張斷章，但元十三限殺了天衣有縫，是一個事實。師父有意去助諸葛師叔，有心剷除當朝權奸，都是自願的。沒你的話，他也必赴此行。他不是中了你的計才去，而是利用你的將計就計，引元十三限出京——可惜，元師叔也太瞭解師父的性情了，終究還是得在老林寺拚了那一場！」

「甚……麼！這……不可能……!?」

一旦得悉自己最得意的設計，原來盡在別人的算計之中，多指頭陀簡直無法面對這殘酷的事實。

「如果不是他一早就警告了我，又在他取道甜山前先留下指示在白鬚園，說不定，今天我就不會對你這般提防了。」王小石道，「那麼，現在流血負傷，甚至已躺在地上的，當然是我了。」

這時，鐘午、黃昏正忙護著龍八，跟他止血，另外發出訊號，負責戍衛的「明月鈸」利明已率莊內高手團團包圍住王小石一干人，彎弓搭箭，拔刀挺槍，看樣子是必殺王小石。

「太陽鈷」鐘午、「落日杵」黃昏、「明月鈸」利明以及「白熱槍」吳夜四人，原就是龍八麾下的「三征四棋，七大高手」。

「三征」是三名隨他東征西伐的悍將——司馬、馬空、司徒三師兄弟；「四旗」則是他手下四子俱能獨當一面的「棋子」，就是吳、利、鐘、黃四人。

單憑這四人，恐怕還奈何不了王小石。

可是王小石沒有把握。

——他自己要衝殺出去，這一點並不難，但要父親、姊姊也能安全殺出重圍，恐怕就極不易了。

何況自己身陷八爺莊，對方人多勢眾，一旦箭矢、暗器齊發，也的確難保全身。

他原想一舉乘勝脅持著龍八，殺了多指頭陀。

不過多指的武功和反應，都比他估計中更高。

他將計就計，利用多指頭陀對自己暗算之際反過來一口氣突襲了龍八和多指，但龍八武功本就相當強，而多指頭陀暗算慣了人，他無時無刻不設想自己若有一日遭人暗猝時的即時反應，所以居然能及時躲開王小石要命的攻擊，只斷了指、負了傷。

王小石還待追擊，但張初放和葉博識已攔截住了他。

投鼠忌器。

戰鬥一觸即發。

只要一個命令。

龍八氣急敗壞，又痛又怒，他二戰王小石，均遭敗北；二遇王小石，都吃大虧，心中忿怒，可想而知，於是跺足大呼：

「殺！快給我殺了他！殺光他們！」

王小石立刻發現自己陷入苦戰之中。

◇◇◇

敵人多並不可怕，敵手高強才可怕。

敵手高強也不是最可怕，自己要保護的人、兼顧的事太多才可怕。

敵人要是衝殺過來，他大可殺一儆百，可是敵人多用飛矢、暗器，而且盡向王天六、王紫萍身上招呼。

梁阿牛與蔡追貓當然也拚力維護。

——可是兩人都長於輕功，不是擅於接暗器的手法。

何況他們一人揹住另一人，輕功也已大打折扣。

王小石的武功最高，但他除了要盡力匡護父親、姊姊之外，還得分神照顧蔡追貓、梁阿牛，更得要分心保護另一個人：

孫魚！

他們已認定孫魚是敵人、內奸！

他們把孫魚當作敵人來格殺！

如果他捨棄孫魚不理，他就必死無疑！

孫魚受傷甚重。

——多指頭陀負傷後的一指，依然殺傷力奇大，要是他未曾受傷在先……

王小石開始也沒料到：攻襲除了向著他們，也針對孫魚。

攻勢那麼劇烈，那般「有殺錯，不放過」，要是他不出手相救，孫魚就必慘死當堂。

可是，若他騰出援手，自身的困厄，可就更困逼了。

形勢險惡，已不容他多加思慮。

他非但出手護住自己和親人、戰友，連這個以前的手下現在的敵人，也一併出手相救。

但他只是一個人，怎麼顧得了四面八方的敵人和要害！

孫魚傷了幾處。

他身上也濺了血——自己和敵人的都有。

他仍盡量克制自己，能不殺人的，就不殺人。

爲了方便照應，他竟不惜揹著孫魚作戰。他這樣做，無疑是把背門全賣給了孫魚。但他毫不猶豫就這樣的做了。

就在這時，一名綽槍大漢，疾掠而入。

凡他過處，守窟弟兄無人敢攔阻，反而讓出一條路來。

這當然是「自己人」。

而且還是位份相當高的「自己人」。

果然，這人在龍八耳畔低語了幾句，龍八臉色，一時陰沉不定。

只見他氣忿難平的頓足哼道：「好，好，好！果然是跟四大名捕有勾結，約好了來這兒搞亂的！」

然後他忽然下了一道命令：

「散開，護著我，由他們去吧！」

六十四　機翼

「由他們去吧！」這是龍八手下巴不得聽到的一句話。

有這道命令，他們就可以不需要拚命了。

他們都聽過王小石的威名，更何況就在剛才，王小石一出手已傷了他們的主人和相爺手上的一大高手了。

他們當然不以爲自己有比多指頭陀更厲害的武功。

所以他們停手得比下令他們動手時還快。

王小石似並不意外。

他示意梁阿牛和蔡追貓，護著王天六、王紫萍、孫魚離開。

梁阿牛對孫魚也同在受保護之列，很是「不以爲然」。

王小石用眼色示意堅持。

梁阿牛不敢違抗，雖然他甚厭惡孫魚這個人、這種人！

多指頭陀不忘炫示自己遭受挫敗後的功勞：「還說不是他召來的，你們看王小石這般護著他，分明是內奸！好在給洒家一指戳穿！」

王小石道：「他不像你。他跟我們一點關係也沒有……」

多指頭陀道：「你會爲一個跟你全無關係的人拚命，捱刀子流血流汗嗎！你救的也不過是你親人，孫魚會是你的對頭？哈！哈哈！」

王小石知道解說無益，道：「你們囚禁我家人的事，我問清楚，要是曾遭你們施虐，這事還沒了！」

龍八氣咻咻的道：「王小石，小王八蛋，我放你一馬，饒你們不殺，你還敢這般放肆！」

王小石臉色一整，酷然道：「是你放我？還是被迫放人自保？你自己心裡清楚。這件事不管是誰主使的，你告訴他，我不會放過他！」

龍八氣得一張臉又藍又紫，只跳著腳尖戟指說：「你……你……你——！」

「你」得了幾聲，王小石已押後行出了「八爺莊」。

◇◇◇

王小石這頭才離開，多指頭陀那頭便低聲問龍八：「發生了甚麼事？」

他當然知道龍八是不會輕易放過王小石的。

他自然想到龍八的決定是在被迫的情形下作出的。

「吳夜把守外面，發現四大名捕中的冷血、鐵手已包圍了這兒，手上拿著刑部搜查令，要入屋提訊江湖人物王小石、梁阿牛、蔡追貓，並搜索失蹤良民王天六、王紫萍，說明要他們現身交差；吳夜先把他們穩住，進來通傳。」龍八悻悻然的道：「如果我們再打下去，非但收拾不了王小石，可能還把四大名捕引入家裡來，那時逐之不去，尾大不掉，還發現其他相爺交待待在這兒的欽犯，那就大事不妙了，不如這次就讓他們走了算了。」

多指頭陀哼嘿道：「王小石果與四隻鷹爪子串通好了的。」

龍八鐵著臉，一面忍痛、一面忍怒道：「咱們這次大意掉失了白樓主的人質，卻是怎麼交差是好？」

多指頭陀仍念念不忘自己那一「功」：「都是他信錯了人嘛！誰教他有個心腹出賣他！這教人怎麼防嘛！他錯在先，不干咱們的事。」

龍八悶哼道：「說的也是。先給他一個反噬，是他手上的人搞得咱們亂了陣腳，雞犬不寧，怨不得咱們丟了人犯。」

「不過，」他嘆了一口氣又道：「此事不得張揚出來，而且，待會兒的貴賓，得要精密佈署，否則，再要發生這種事，咱們有二千個腦袋瓜子，也得給摘下來當球踢呢！」

鐘午替他傷處塗上金創藥，一陣痛入心脾，龍八強忍住慘嚎，保住了自己的顏面，卻在包紮好了之後一拳把無辜的鐘午打得飛跌出去。

◇◇◇

這時，王小石已到龍八太爺的「八爺莊」外，鐵手、冷血等會上，大家會意點頭，（鐵手手上，還穩立著一隻鳥，正是「乖乖」，也向王小石擦翼磨嘴，算是跟他招呼。）又往神侯府走去，在痛苦街口，又會上了追命和「老天爺」何小河、「目爲之盲」梁色。

——梁色假扮王天六、何小河扮作王紫萍，由追命挾著他們故意追引白愁飛，果然使他沉不住氣，派人過來查探是否人質已然走脫，王小石啣尾追蹤，果然救出了老爹和姊姊。

這是無情和王小石之計。

——但至少還得需要最少五名輕功絕佳的人！

他們雖然設計了這個「機會」，但這「機會」一定要有「翅膀」，始得進行。

這「翅膀」就是要幾個輕功好的人才能辦。

白愁飛也不是省油的燈，他的輕功極高，幸好他輕功再高，也斷高不過追命。故意顯示已救出人質引白愁飛窮追使之沉不住氣的主力，就由追命去擔當。

冒充王天六、王紫萍的人輕身功夫也要好——至少，不能給白愁飛追上，而且，又得要假裝完全給追命挾行但又不能真的拖累了追命的身法才能稱職。

幸好梁色是「太平門」的人，他半路改拜花枯發門下。「太平門」一向善於輕功，不管逃跑還是逃亡，都是他們的專職、擅長。

何小河亦長於輕功提縱術。她出身青樓，又當過戲子，這等半唱戲半輕身的事，她也遊刃有餘。

另外兩名輕功高手，是協助王小石去追蹤孫魚。

——要不給孫魚發現，且隨王小石潛入敵方重地，輕功不好是絕不能勝任的。

梁阿牛外號「用手走路」——用手走路都比別人用腳的快，當然在輕身功夫上有相當造詣了。

蔡追貓在「發黨」中十分膽怯，別無所長，但從小就是喜歡追貓趕狗抓耗子，所以身法十分要得，有事之際，大禍臨頭，他跑起來也比人快，原先他的名字爲

「建祥」，後大家只稱他為「追貓」，這當然名實相符。

這些人都是這次「機會」中的「翼」：有了他們，人質就插翅可飛了。

◇◇◇

大家聚合在一起，都很慶幸，這次行動十分成功。

王小石這才垂淚叩見王天六，又向王紫萍擁泣不已，噓寒問暖，請安求責。

玉紫萍笑啐他道：「我還以為你全變了樣，見面冷得殭屍也似的，發達了認不得老爹老姊了。」

王小石這才說出他的苦衷原由：

「我一見你們，心頭狂喜，心都碎了，但大敵當前，亂不得，要專神以對，才能把親人救出生天。我是強制著不變色不心亂，其實心可慌，手可不軟呢。我見著爹爹、姊姊，宛似再世為人，卻迄今未叩安問好，簡直禽獸不如，請爹爹責打垂詈吧！」

王天六聽得明白一半、不明白一半，反正他無所謂，只知他兒子連名動天下的四大名捕也有這般交情，他已很開心了，只說：「現在沒事就好了。我還以為你大逆不道呢。要是你不孝不忠，把我這老骨頭救出來了，也只眼冤！」

王紫萍卻已跟何小河、蔡追貓、梁阿牛這干人打成一片，三姑她們的六婆，四處進行八卦了。

王小石進而拜謝追命、鐵手、冷血的大恩。

追命引發白愁飛的錯誤舉措，自是功不可沒，但鐵手、冷血及時取得搜查令牌，包圍八爺莊，一旦接到了「乖乖」報訊，即擺出不惜與龍八系統決一死戰的姿態，是王小石和他的親友能安全離開「八爺莊」的重大關鍵。

三捕都認爲：爲所當爲，不必掛齒。只惜聽得「深記洞窟」內還囚著一群可能是仁人志士的受屈蒙冤人犯，很希望有日能拯救這些可憐的人。

王小石卻覺得自己欠下了一個大大的：情。

他希望來日有報答的機會。

三個捕頭都說這只是秉公行事，談答謝反而把他們給小覷了。

王小石卻問起何以不見無情出現——此計無情是策劃者，他雖行動不便，不能出面，但實居首功。

追命只說：「大師兄去處理一些重要的突發事情，所以趕不過來，但他已知悉令尊、令姊平安，也十分忭喜。」

王小石聽出了一點蹊蹺，雙眉一軒：「卻不知大捕頭辦的是甚麼事？可用得著在下之處？」

冷血劍眉一剔：「大師兄的事，恐怕還是爲了你而辦的。」

王小石詫然：「卻不知是甚麼事？」

鐵手淡淡截道：「沒甚麼大不了的，只是出了一點亂子。」

——連四大名捕之首無情都得驚動了的「一點亂子」，恐怕就算是「一點」也是一個好大好大好大的「點」了。

「那是甚麼亂子？」王小石立時敏感起來了，「是不是跟我有關係？」

追命、鐵手對望了一眼，都沒有說話。

冷血道：「關係，是有一點。」

「甚麼事？」王小石緊張了起來，他覺得氣氛很有點不尋常，「到底是甚麼事，懇請相告，要是小石行爲有甚麼偏差，也願請罰。」

鐵手點點頭，望向追命。

追命乾咳一聲，看著自己的腳尖，彷彿上面壓了一粒榴槤。

鐵手乾咳了一聲，說：「那不是你的錯，只是……只是，你有兩位弟兄，一時衝動，做了一些惹了點麻煩的事……」

王小石宛如五里霧中，「——兩位兄弟？麻煩事？甚麼回事？」

冷血道：「是唐寶牛和方恨少去暗殺一個人——」

他頓了頓，正要直把話說到底：

追命卻阻截道：「四師弟，這事體事關重大，還是等大師兄回來再行定奪吧——說不定，一切只是空穴來風呢。」

王小石看出了他們的神情。

一向辦大案氣定神閒，幹大事指揮若定的三名捕頭，都臉有憂色、甚爲不安、甚至浮躁緊張——到底唐、方二人惹了些甚麼不得了的事!?

六十五　機敏

在這段王小石等人跟蹤孫魚——進入深記洞窟與龍八、多指頭陀對壘的時間內，溫柔那邊也發生了不少事。

初時只是一點點的「小事」。

後來是很大很大的「事兒」。

◇◇◇

這件事的起因很簡單：

溫柔下了一個決定：

決定去找白愁飛：

她要找白愁飛理論：

——問白愁飛為啥要殺害她的師兄蘇夢枕!?

——問問白愁飛為何要不斷的迫害王小石!?

——問一問白愁飛為何變得這麼壞!?

她要問清楚白愁飛為甚麼要叫手下脅持自己做人質!?

——他到底知不知道她的心事、她的心意!?

其實，問心的那一句，一千個理由一百個原由也許都不重要，最重要的，對溫柔而言，還是最後那兩個問題，兩個問題合起來成了一個。

——他為甚麼要這樣對待自己!?

說不定，還有一個理由，她自己也沒有察覺。

但這可能是比一切都更重要的理由：

她想見見白愁飛。

◇◇◇

她好久沒真正跟他聊過天、談過話、打過架了。

——在王小石和白愁飛分道揚鑣後，兩造人馬相互對壘，以致她這麼一個女孩子，變成非要有立場不可，變得也成了一方人馬，同時變作另一方面的敵人。

她開始時覺得很好玩。
後來玩著玩著也就悶了。
到最後簡直覺得莫名其妙，而且一點也不好玩了。
她可不管了。
她要見白愁飛。

◇◇◇

她要見他。
可是，她畢竟是個女孩兒家，要見白愁飛，是需要理由的。
所以，她製造了許多理由。
許多堂而皇之的理由。

◇◇◇

人類是把一切的事——包括合理的和不合理的——都能找得出理由的動物。

且不管是不是真的合理。

何況是溫柔！

——一個女子要見一個男子，總可以製造出千百個理由。

更何況是溫柔那樣的女子。

◇◇◇

她從「萬寶閣」回到「象鼻塔」，發現比較常混在一起的唐寶牛和方恨少「不見了」，她心裡恨恨的想：敢情又是去跟王小石闖蕩江湖、揚名立萬去了，卻就是沒本姑娘的份兒！

她恨恨的想，結果越想越恨！

她覺得自己莫明其妙的就跟了白愁飛、王小石入京師，莫名其妙的就因爲師兄是蘇夢枕就成了「金風細雨樓」裡比楊無邪身份都高一點的「女流氓」，然後又莫名其妙的捲入金風細雨樓、六分半堂、迷天盟的決戰裡，更莫名其妙的墜入蘇夢枕、白愁飛、王小石的鬥爭中。之後，王小石被迫遠走他方，她無所事事的，有等沒等的就等了個三、五年（女孩兒家有多少個三五年!?），接著下來，蘇夢枕因不欲她多接近白愁飛，因而要她回去洛陽，不然就返小寒山去重投師父門下，而白愁飛只忙著招兵買馬，佈署大業，根本就沒心機理睬她，到頭來她兩者都不願去（她好不容易才出得了來，一回去，豈不又是給關在籠裡了!?），反而跟唐寶牛、方恨少等人，瘋呀瘋的，跟「七大寇」沈虎禪等人在武林中闖蕩一番，又與張炭、朱大塊兒這干「桃花社」的人，癲呀癲的，跟「七道旋風」又在江湖上浪蕩一番。這番回得了京師，蘇師哥生死不明，白愁飛更忙得神出鬼沒，王小石卻回來了！

但這塊石頭，畢竟也跟以往不一樣了。

——甚麼「不一樣」呢？

她實在也不大說得上來。

——以前，王小石可以跟她一樣瘋、一樣癲、一樣的大瘋大癲。

她和他隨時可以爬上樹上抓猴子，可以互吐苦水也可以互吐口水，可以在中秋點燈籠遊街，可以在端午節比賽吃粽子，可以一起滾在床上學游泳，可以在醒著唐寶牛背上畫烏龜和睡著打呼了的朱大塊兒臉上畫向日葵。……

可是，這些，現近都漸漸「不可以」做了……

有一次，她邀王小石跟她一道去偷何小河的貼身靈符，在旁的唐七昧立即乾咳了一聲（奇怪，怎麼這些人要說話前老是要乾咳那麼個三五聲才開聲！），道：「三哥，這樣不大好吧？你是我們的領袖哪。」

另一次，她約王小石去「十十殿」逛逛，可是張炭馬上捏捏臉上的暗瘡（真討厭，他的瘡子都快變成他的「獨門暗器」了！），提省道：「王老大，這不大好，那兒是『有橋集團』的地盤呢。」

還有一次，她和王小石在河塘潑著水玩嬉，未幾，兩人都全身濕透了，王小石忽然停下來不潑了，只瞪著眼看著她，溫柔越發莫名其妙，催促道：「玩呀！怎麼不玩了。」王小石只說：「不，不玩了。」她不明所以：「怎可以說不玩便不玩的，我要玩啊！」王小石忽然躬著身子，她好奇的走過去要看清楚，還以爲他是給水蛇吮住了褲襠，王小石卻急轉過身去，臉紅耳赤的叫道：「這不大好，不玩了不玩了。」……

——這不大好那不大好，甚麼都不大好，弄得她也不大好起來，甚麼都不能玩、玩不成！

總括而言，她覺得自己可真莫名其妙！

幸好她生性機敏。

——山不動，我動。

——路不走，我走。

王小石當了老大，他忙他的。可是今兒誰教白愁飛那不飛白不飛的小子惹著本姑娘了？他不來見我，我且來找他晦氣！

嘿嘿！

——說不定，本小姐還能爲小石頭討回個公道，還難保這一趟不把大師兄也揪出來呢！

男人的鬥爭裡，不是把女人當作應該是站在自己這一邊或對立那一邊的附庸，就是一種勝利品、安慰獎、犧牲者，她才不！

她要有自己的「事業」！

她要建立屬於自己的功績！

所以她要去找白愁飛！

◇

是以她要獨赴「金風細雨樓」！

——今日的「金風細雨樓」，已不是當日蘇夢枕當政時的「金風細雨樓」。

今天的白愁飛，也不是當年的白愁飛了！

溫柔呢？

——她還是不是昔時的溫柔？

◇◇◇◇◇◇

不管她仍是不是以前的溫柔，但她心目中確有一個極爲堅定的信念：

憑她的機敏，一定可以解決一切困難的事。

收拾一切麻煩的人物：

包括白愁飛。

六十六 機靈

她回到「象鼻塔」。

她看到石縫裡長出一朵花，開得不知爲甚麼那麼燦爛、那麼寂寞、那麼的紅。

她看了一會；覺得很寂寞，更下定決心去找白愁飛，去金風細雨樓走一趟。

所以她離開了「象鼻塔」。

◇◇◇

一朵花開和白愁飛，本來是全不相干的事。

但女孩兒家的心事，本來就不問原由的。她要是愛上一個人，可能因爲是在這時候忽然遇上了他，或因爲在這時候忽然發現他不在身邊；她忽然討厭這個人，可能因爲他在這時際沒有笑或因爲他在這時候竟然笑了起來。

她因爲一朵花寂寞的開謝、寂寞的燦爛和寂寞的紅，所以她更決意去找白愁飛

——反正，不管有沒有花開，她都會去找白愁飛就是了。

反正，張炭和蔡水擇等人，也因而忙得一個頭兩個大三條尾巴長就是了。

◇◇◇◇◇◇

王小石其實是個很有組織力的人。

他很喜歡玩。

很多人以爲喜歡嬉戲的人一定沒有組織，其實這是誤解。

遊戲與組織兩者並不違悖。

事實上，遊戲更需要規則，僅從規則中求樂趣尋新意爭取勝利，那就需要更高的自律和紀律。

王小石一面玩，因爲他好玩，一面做事，因爲他把工作當作是娛樂。他認爲他自己做的事是好玩的事。

他現在不止一個人在玩。

而是一干人。

一班志同道合的人。

所以他組織了「象鼻塔」，把許多人才、高手、志同道合者，聚合在一起一齊「玩」。

他的組織充滿了生命力與奇趣，因而吸引精英新丁，但其實內裡又結合緊密、紀律森嚴、恪守規條、各有司職、互爲奧援、呼應同息。

——一個好的遊戲者，理應佈置嚴密、訓練有素，不管那場遊戲是打球還是踢球、賭博或是鬥狗，這才能穩操勝卷。

是以，把遊戲玩得好就是正經事兒。

大抵所謂大事也不過是一場認真的遊戲。

◇◇◇

這兒敘述的不是遊戲。

而是組織。

王小石的組織，看似鬆散，實則嚴密。

——遊戲，一般成人都不再玩了，其實那只不過是凡人而已。真正的大人物，所作所爲，只不過是把兒童的「遊戲」（或「夢想」）一直玩到老死方休。

他的人不在。

但他的兄弟卻在。

他的弟兄們輪流看守「象鼻塔」。

——他的那些兄弟，平時生活散漫，不聽命於人，也「不務正業」，但卻十分聽王小石的話，緊守崗位，不敢玩忽。

是日，戍守「象鼻塔」的，是「挫骨揚灰」何擇鐘、「神偷得法」張炭、「火孩兒」蔡水擇、「前途無亮」吳諒等四人輪班，另外還有幾名「夢黨溫宅」的弟子，其中包括了夏尋石、商生石、秦送石等。

何擇鐘是「發黨花府」的人，他面對那麼多「夢黨溫宅」的「冤家」（「發夢二黨」雖為一家子的人，但因兩黨黨魁口心不和，溫夢成和花枯發時常爭執、對壘不休，他的弟子有的私交甚篤，有的互不容讓，都養成了相互競爭的脾性，總要爭一口氣，不輸於人。雖然，一旦遇敵，兩黨人馬，又會捐棄成見，敵愾同仇，同聲共氣，聯手應敵了。），是以更加不敢怠忽，所以他是第一個發現溫柔打扮得漂漂亮亮正要出去的人。

所以他馬上問：「溫姑娘，妳要到哪兒去？」

溫柔沒好氣的白了他一眼：「我去哪裡，關你甚麼事？」

部。

這回可也驚動了吳諒。

吳諒雖也是「發黨花府」的子弟，但基於別的原因，他沒有何擇鐘那種「輸不得」的心理。他本來另有事在身，但因白愁飛和「金風細雨樓」的人忽在瓦子巷一帶出沒，王小石知人善任，深悉他善於盤算應變，故也把他調來鎮守「象鼻塔」總部。

他只問：「溫姑娘不是剛剛才從外邊回來嗎？怎麼又要出去了？」

溫柔沒耐煩的叉腰道：「怎麼？不給人出去嗎？本小姐覺得悶，所以出去走走，不行嗎？」

「為姑娘安全計，還是不要亂逛的好，」何擇鐘審慎的說：「溫女俠不是剛給人脅持了嗎？不要又出甚麼事讓我們補救搶救才好。」

何擇鐘是個武人。

而且是個不大懂得說話的武夫。

一句話，就看你會不會說，得到的結果同意不同意則完全兩樣；所以，沒有令人不同意的話，只看你怎麼說、是誰在說、然後才到那是甚麼話。

他這一句話，顯然說得不太好，而且得罪了溫柔。

溫柔臉都脹紅了。

「我不管。」她執意道，「我要走了。本姑娘要是有事，死了也不用你來救。」

她這回更是氣沖沖的了。

吳諒則在這時候又說了一句：「溫姑娘命福兩大，倒不擔心災劫死難，倒是我們這些無辜的要揹黑鍋當殃，溫姑娘還是請回吧。妳要買甚麼，吃的玩的，吩咐下來，我無有不辦的。」

他的外號就叫「前途無亮」，真是名副其實，足可顧名思議。

溫柔一聽，臉都拉長了：「這不是囚禁嚒！跟給那大白菜關起來，可有甚麼兩樣，姑娘就算不出門，也自有去處。」

但她居然不往外走了。

只走回塔裡去。

氣虎虎的。

◇◇◇

吳諒、何擇鐘見溫柔不出去了，都心中大定，但他們的揚聲對話，也給剛回來當班的張炭聽了一二，問：「甚麼事呀？」

何擇鐘說了。

他也不是好的轉述者，所以該說的沒說，不重要的倒是多說了幾句，張炭初聽沒甚麼，但蔡水擇也跟著回來了，一聽，吃了一驚，問：「她最後一句說甚麼？」

蔡水擇因與張炭不睦，張炭始終不肯和他走在一道，王小石知悉他們之間有些誤會，雖在甜山一役跟元十三限手下大將對壘時已消弭了一些，但仍未盡釋懷，所以故意安排二人在一起輪值當更。不過，兩人依然各司其職，各吃其飯，說話也沒相互交談，回來也一前一後的。

蔡水擇這樣一問，何擇鐘支吾了半天，搔腮抓腦的只說出：

「……好像是說：誰關誰的……」

「她說……關起來誰都一樣……」

「不不不，她說：死了也不用我來救。」

「——對！我記得了，她說不出門了——」

吳諒忍不住補充了「下文」：「溫姑娘是說：她不出門也自有去處。」

「甚麼！？」蔡水擇叫了起來，張炭這才聽清楚，跺足道：「只怕她已出門了！」

兩人立即施展輕功，趕上木塔，挨攤逐檔的找，溫柔都沒有留在那兒，只曾經過。

張炭、蔡水擇分頭找了五、六層塔，都伊人杳然。

塔是圓形的，兩人自走廊跑了一周，恰好遇上。

張炭喘氣呼呼。

蔡水擇鼻尖有汗。

兩人看了看對方的尊容，都知徒勞無功，只好揮汗。

這幾天氣候迴光反照，年關將近，卻不下雪，反而寒到極了熬出一種燠熱來。

夕陽免費替大地萬物鍍上金紅。

卻瞥見木塔簷檐映著樨樹的綠葉。

葉掌更晃晃，無人影。

樹後是紅布街的圍牆。

紅布街通向紫旗磨坊。

紫旗磨坊隔壁是黑衣染坊，另有路通向破板門。

黑衣染坊前就是藍衫街。

藍衫街尾就是半夜街。

藍衫街也直通黃褲大道。

黃褲大道貫通三合樓、瓦子巷、痛苦街、苦痛巷、也穿過綠巾衖。

往綠巾衖直走，就是白帽路。

白帽路直登天泉山。

天泉山上，便是金風細雨樓。

張炭和蔡水擇對望一眼，兩人心中同時都無聲地說了同一個意思。

所以兩人都立時飛身下樓。

目標一樣：

從紅布街始，一路趕去白帽路。

而且還要快。

◇◇◇

吳諒一見二人身影疾閃，鬼追神逐似的猛趕路，他立即就向何擇鐘拋下了一句話：

「我跟他們去看看，你先守在這兒。」

何擇鐘則莫名其妙，咕噥自語：

「……明明到他們換班的，都去躲懶不成？卻是換我一人獨守。」

◇◇◇

世上有些事是天生的，需要天份。

——寫作、演戲、歌唱，乃至從政，都得要有天份。努力可以有成績，但難有大成。有天份不努力則如火上澆水，但有天份而加上努力則似星火燎原。

——一個人機靈與否，多也是天生的。

後天的訓練，可以增加機警，但難以機靈。

或許，何擇鐘是個盡忠職守的人，可惜就不夠機靈。

或者，這樣也好，不夠機靈的人，會多了許多危機，失了許多機會，但卻少掉許多煩惱，省卻許多自命不凡。

六十七　機長

剛回到「白樓」的白愁飛，也剛剛發了一場脾氣。

因爲他剛才收到一個訊息：

不利於他的信息。

◇◇◇

他在苦痛巷談判之後，在痛苦街頭，已下了一個命令：

「馬上進行『殺雞行動』。」

——王小石既然不肯甘休，他就先把兩件王小石親人身上的「信物」割下來，交予他手，讓他心痛如絞，投鼠忌器。

執行這項行動的是孫魚一早安排下來的人：

萬里望和陳皮。

問題就出在這兩個人身上。

這兩人已經回來，但卻「殘缺不全」。

——殘缺不全的意思是：

陳皮幾乎給人剝了一層皮。

萬里望的皮還在，但臉孔腫得像隻豬頭，最嚴重的是眼，傷得就像枚炸開的軟核桃，一雙招子別說萬里了，恐怕連自己的手指還看不見。

他們哭喪著臉向梁何報告。

梁何一看，知道「不可收拾」，所以把他們直接趕去向白愁飛那兒匯報：

——自己搞砸了的事，自己去揹黑鍋吧，免得樓主怪責下來，還要爲這兩個混賬擔罪受過！

白愁飛一看這兩個人的樣子就冒火三千八百丈。

但他強忍住。

他要問清楚才發作。

——王小石重現京師之後，他的脾氣好了很多，卻也瘦了許多。

主要原因是：對頭已重出江湖了，他要是對他的部屬再不好下去，只怕很多「風雨樓」的弟子都會改投「象鼻塔」去，這一點，他可輸不起。

不想輸就要檢點，收斂：

自制，還有自抑。

他瘦，就是因爲忙。

他有很多事要做。

他已起步成功。

現在他想飛。

——爬得越高，跌得越重，可是飛遠比爬更快更高，他要是不忙著把武功練得更好一些把樓子裡的事管得更嚴密一些把各路人物關係弄得更左右逢源一些……那麼，掉下來，弄個折翅斷腿的，可不是玩的。

一個人要事事都管，而且樣樣都不放心，自然很容易便瘦下來了。

他很留意這個。

他覺得自己近日身體沒那麼好了，易染病，連傷風咳嗽也欺得了他。

他已瘦得有點接近蘇夢枕。

他可不要像蘇夢枕。

他覺得自己長胖一些，會比較福相，局面也會比較穩；不過，瘦的時候，殺氣卻比較大，權威也比較重。

對權殺威望，他還是十分注重的。

他答應過自己：儘量不對部下發脾氣，也不敢太嚴厲，他可不想把自己的人全免費送到王小石麾下去。

不過這很難忍。

他喜歡獎賞有用的、幫得了他的部屬，對不討他歡心又做不來要事的手下，他恨不得全殺光了事。

儘管他心裡是這樣想，但怎麼說也不敢太明目張膽的任性妄爲。

因爲敵人正在等著他這樣做。

所以，他當然懊惱，而且，今天他本來還最後約晤一人。卻因事不能如期見面，他已甚不悅，但他還得平心靜氣，去聽陳皮、萬里望遭人「毆打」的經過。

◇◇◇

萬里望和陳皮原就「領命」赴「八爺莊」，要取王天六和王紫萍身上的一件「信物」。

——那「信物」是甚麼比較恰當呢？

「當然要王小石看了痛心疾首，五內如焚，但又不敢輕舉妄動的最好。」萬里望東張西望的走進了藍衫街。「你說，該是甚麼好呢？手指？份量不夠。胳臂？怕老的熬不起。奶子，嘿，那可刺激了。不妨配上老的那話兒……」

藍衫街很靜。

——它本來就很熱鬧，不少漢子都來這兒喧嚷嬉鬧、喝酒聊天，不過，這時間他們各忙各的事，各幹各的活。

在這兒出沒的漢子，不是窟工就是瓦匠，不然就是磨坊、染坊、織坊、酒坊工人，所以也多穿著粗布藍衫——久而久之，這條街也自然叫做「藍衫街」了。

「我總覺得這樣不大好。」陳皮對這項任務本來就不喜歡——不派他去跟一流高手比拚，而遣他去折磨所崇仰的高手之親友，這算甚麼使命!?「打就打，死就死，抓人家老爹老姊作甚？」

這時候，他們就發現街前出現一個人。

——一個穿藍衫的魁梧漢子。

這個人環臂而立，攔在街口，一點也沒有退讓的意思。

以萬里望的經驗，只望一眼，就知道這人是沖著他們而來的。

他馬上回望。

街尾也有一個人，揚著白紙扇，穿著白色長袍，儒生打扮，一搖一晃髣髴在吟詩作對，施施然向他們走來。

——果然背腹受敵！

他這回望向陳皮。

陳皮卻很振奮。

——又可以決鬥了！

這正合乎他的脾性！

——就算打敗了，也總比去宰割無法反抗的老弱婦孺好！

看到陳皮這般反應，萬里望一個頭四個大：他只感嘆為何「上頭」派給他這樣一個勇悍不要命的拍檔！

——他不要命，自己可還要保住性命的！

◇◇◇◇◇◇

來者一個漸漸行近，一個傲立不動。

白衣書生乾咳一聲，正待發話，那高大漢子忽打鑼一般的說：

「我認得你們，你們今午暗算過我唐巨俠寶牛先師！」

那白衣書生在遠遠補了一句：「先師，通常是指死了的老師。」

那「巨人」忙糾正了一句「不是先師，是上師，也是大師，更是至聖先師的那個師。」

陳皮冷澀地道：「你要幹甚麼？」

唐寶牛正待說話，白衣書生忽地已繞到了他們身前、唐寶牛身邊，用摺扇一敲唐寶牛手背，叱道：「不是說好由我代言的嗎？」

唐寶牛哇的一聲揉著手，「給你去說，說老牛天雞下蛋還沒到正文！」

「誰說的？」方恨少白了他一眼，很少男子生得他那麼白淨漂亮、比美麗女子還秀氣漂亮，「是我先發現他們匆匆經過的，敢情是又去幹甚麼勾當！這機會是我發掘出來的，我是這機會的掌管，你只能跟著我發財，不可以僭越，知未！」

唐寶牛只覺手背仍疼，啐道：「這算啥機會！只逮著兩個下三濫！讓你當個『機長』也不見得風光到武則天那兒去！」

這句話，本是要譏駁方恨少的，結果卻觸怒了陳皮。

六十八　機身

陳皮立即拔劍。

萬里望馬上阻止。

他想透過「談判」解決事情——當沒有較大勝算的時候。

「你們想幹甚麼？」

「我要知道你們匆匆忙忙的要去幹甚麼勾當？」

「我們幹甚麼，關你屁事？」

「我的屁當然不關你事，可是，你們說甚麼砍臂斷指的殘暴事兒，我卻聽了幾句，你們要甚麼？到底要害誰？」

「……又不是殺你害你，你老娘又不在我手裡，你挑甚麼樑子！」

「好，那咱們就放手打一場，我們輸了任由你，你們敗了，就押去見四大名捕，好好審一審，要不然，給我實話實說！」

「這——」

萬里望還待說下去。

可是卻沒有機會了。

「好！」

只那麼一句，已拔劍在手的陳皮已出劍刺敵！

戰鬥於是開始。

◇◇◇

戰鬥於焉結束。

「新月劍」陳皮拚的是唐寶牛。

——他淨選大的啃。

可是唐寶牛身上縱然傷痕纍纍，但也決不好哽。

唐寶牛跟他對敵，一反常態。

他只守不攻。

他閃開了陳皮的第一劍。

也躲過了陳皮第二劍。

又險險避過了陳皮第三劍。

更在千鈞一髮間格開了陳皮第四劍。

再在險過剃頭的情形下讓開了陳皮的第五劍。

可是，第六劍又刺了過來。

唐寶牛退無可退。

避無可避。

他突然大喝了一聲。

喝聲來自他口裡，但聲音卻自陳皮背後炸起。

陳皮馬上分心。

分神。

他回身。

回首。

唐寶牛就在這一剎間出拳。

——出拳，不是打向陳皮，而是直擂向陳皮手上的劍鋒去。

劍鋒折。

劍斷。

一寸一寸的斷。

一下子，就折裂到劍鍔上去。

劍鍔也為之碎裂。

拳已直接打在陳皮虎口上。

虎口迸裂。

腕脫臼。

臂折。拳眼已到了陳皮的胸口。

陡然停住。

——沒打下去。

這一拳要真的打下去，只怕陳皮就得變成一塊人皮了。

◇◇◇

陳皮頹然閉目。

唐寶牛緩緩收拳，鼻子翹得老高。

陳皮在這時候，對鼻孔朝天的敵手，大可有七種方式反攻、十一種方法掙出死角。

但他沒那樣做。

因爲他敗了。

敗了就是敗了。

——願賭服輸。

——要打認敗。

他是光明正大的敗了。

——只要敗得心服口服，他就一定服輸。

因爲他是「新月劍」陳皮，不是賴皮，也不是潑皮。

——一個自重的人不耍賴。

怕失敗的人永不成功。

不怕失敗的人就算失敗了也是另一種成功。

◇◇◇

萬里望和方恨少的戰鬥卻剛好相反：

不是方恨少敗了，而是萬里望打從一開始就跑。

他一面飛舞鐵蓮花，務求把敵人逼得不敢近身，讓他可以逃跑就好。

——既然一百個男人裡，頂多只有一個算得上是條好漢的，能當上條漢子他已算心滿意足，但萬一當名漢子要付出太大的代價時，他當隻耗子也不致自形鄙陋。

他的鐵蓮花旋舞勁密，能攻能守，給鐵蓮花砸著哪兒那兒就砸成一朵大血花，就算給鋒銳的鐵索捺著，也必皮開肉綻、刮骨鑽髓。當世之中，鐵蓮花旋得最好的，萬里望至少可名列三名之內。

他舞起鐵蓮花來，就像方圓丈八之內，生開了百來朵鐵的蓮花。

只不過，無論他旋舞運使得多快多勁，漫天都是花影，但仍然是有空罅的。

只要有一絲空隙（甚至那還不需要是個破綻），方恨少就可以了。

至少，他的輕功就可以辦到了。

——「白駒過隙」身法，是講求小巧靈動機變的輕功提縱術中之最。

最甚麼？

——最快。

——最巧。

——最妙。

甚至也最令人不可思議、束手無策。

萬里望把鐵蓮花舞得正起勁，逃跑之意最是濃烈之際，突然，人影一閃，方恨少那張清亮的臉，幾乎是跟他臉貼臉、鼻觸鼻、嘴對嘴的黏在一起。

他唬了一跳。

——那就像他自己的臍眼裡忽然突出了一條蠍子尾巴一般不可思議。

就在這一剎瞬間，方恨少至少有十七、八種方法可以把他放倒。

可是方恨少一樣也用不上。

因為他沒學過。

他一樣也使不出來。

因為他不會使。

——他一竄就竄入了萬里望的死門去，可惜，他的武功卻遠不如他的輕功好。

所以他只能眼瞪瞪的瞪著萬里望。

問題是：如果他不出手解決萬里望，在這樣極近的距離下，敵人就會反過來收拾他。

這一下，他好比只想調皮的逮著個機會，抓住機頭機尾，威風那麼一陣子，可是，不意整個人撞著了機身，機會大於他本身的實力，要是吃不下，只怕就兜不住了。

怎麼辦？

怎麼好？

◇◇◇◇◇◇

方恨少一時間甚麼也不能做。

他也甚麼都不做。

他只是往萬里望的臉上吹了一口氣。

然後他就說：「你完了。」

說了這句話，他乾脆負手而立，好像當萬里望是一個只死剩下一條鼻毛未死的活死人。

六十九　機場

萬里望完全無法置信。

——他不敢相信方恨少剛才甚麼也沒做，卻只在他臉上吹了一口氣。

他也完全無法接受。

——給方恨少吹了一口氣的他，居然就已「完了」！

他停下了鐵蓮花，吼道：「甚麼完了!?你才完了！」

「不，」方恨少冷靜地道：「是你完了。」

「我完了!?」萬里望咆哮道，「我隨手就可殺了你！」

「你儘管殺殺看，」方恨少施施然的道，「你運功力看看，別說我事先沒提省你，嘿嘿，你忘了我姓甚麼了吧？」

「我怕你作甚？」萬里望叫著，彷彿大聲嚷嚷才能使他心情安定一些，「你又不姓唐，也不姓溫。」

——武林中人都知道，蜀中唐門擅使暗器，老字號溫家則善施毒，眼前這人既不姓唐也不姓溫，那還有甚麼好怕的？

「對對對，」方恨少笑道，「我不姓唐也不姓溫。」

他這樣說，萬里望反而害怕了起來：「你是方……你姓方，你……你……你……！」

他一連「你」了三次，才說得下去，「你是『金漆招牌』方家的甚麼人!?」

「『金字招牌』方氏一族，氣功和點穴手法獨步天下、冠絕江湖，」方恨少幾乎連眼也不看他，「你管我是誰！」

——金字招牌方氏一族，氣功稱雄武林，與唐門暗器、溫家毒藥、雷姓火器、蔡家兵器、梁氏輕功、班家妙手、何家怪招並稱於世，他現在竟給這氣功舉世知名的小弟當面吹了一口「氣」，他不登時氣絕已算走運走到鼻頭上了！

說起來，他現在的鼻頭還真有些癢。

這時唐寶牛已制住了陳皮，這「題材」正好供他發揮：

「你著了他的氣功，這是最新最奇最絕的點穴手法，已無聲無息的攻入了你的奇經百脈，你完了。你從長強穴至百會穴都為他一氣攻破，人去樓空，黃鶴不復，你舍在魂消，還不向我們求饒!?」

萬里望顫聲變臉：「你……你只吹……吹了我一口氣，我就……就……？」

方恨少彷彿爲他嘆了一口氣，「大象無形，大道至簡，這你都不懂。」

萬里望臉色慘變，方恨少又問：「你鼻子還癢不癢？」

萬里望涎著臉道：「癢……癢……很癢……咱們無冤無仇，不過有一點小小的誤會，可否……告知在下解救之法……？」

「解救？」方恨少偏著頭，一副心裡盤算著要寄恩還是結怨的樣子。

「是是是，高抬貴手，」萬里望低聲下氣的哀求道，「放我一馬。」

「解救的法子不是沒有。……」

「公子請吩咐就是……只要能保全身，我來世做牛做馬，必報此恩。」

方恨少看看他的鼻子，忽一皺眉，「嗯？」了一聲。

萬里望心頭一凜，忙湊上了鼻子，心神恍惚的說：「怎麼了？沒救了嗎？」

方恨少嘆了一聲：「沒救了。」他一拳就揮了過去，同時再嘆了一聲道：

「蠢得無可救藥了。」

他說這句話的時候，萬里望早已在八步開外跌成了一個大大的仰不叉。

萬里望就跌在陳皮身邊。

陳皮怒問：「你爲甚麼要逃!?」

萬里望搗著鼻子悶聲道：「因爲我不想像你那樣給人逮起來。」

陳皮道：「你現在的下場豈不一樣！逃不了反而落得個不敢一戰的臭名！」

萬里望鼻血長流，但反能忍痛反駁到底：「我是想殺出條血路召大隊來救援你，誰說我逃！」

陳皮爲之氣結。

方恨少和唐寶牛卻互相對望了一眼。方恨少說：「看來，這兩人死都說成生的，黑都講成白的，脾性倒似你！」

唐寶牛哼了一聲，不說話，自顧自的踱到藍衫街轉往黃褲大道的角落，然後，也緊抓住那一拳碎劍卻已然紅腫一大塊的手，痛得蹲下了身子直跳了七八下，才徐徐立起，宛似個沒事的人，悠悠踱回藍衫街來。

——這時，藍衫街圍觀的人已經不少了，大家交頭接耳，竊竊細語，在討論剛才那一場是私毆還是仇殺。

在大城市裡，任何一個地方，都可能有機會來臨，都可以是時機出現的場地，當年，在苦水舖一處廢墟裡，就成了王小石、白愁飛初遇蘇夢枕，以致日後飛黃鴻達的所在。

在大都會裡，每一個所在，都有機會存身；每一個場合，都有臥虎藏龍的人物。是以，一旦發生事，大家都出來圍觀搶看，不僅要知道發生了甚麼事，還要知道生事的是些甚麼人！

◇◇◇

唐寶牛再轉過來的時候，地上已不見了萬里望和陳皮。

「你放了他們!?」

唐寶牛這可要興問罪之師了。

「不然怎樣？」方恨少反問：「你要養他們一輩子？」

「我可有東西要問他們呢，你卻放了！」

「你要問甚麼？」

「關你屁事！」

「且說來聽聽，別出口不雅嘛。」

「他們鬼鬼祟祟的，要上哪兒去？害甚麼人？」

「我問了，他們都不肯說。」

「那你就這麼放了！？」

「不然怎樣？眾目睽睽、婦孺小孩都在，難道你嚴刑迫打麼？這種下三濫的事，連何小河都不願為之，你這莽夫也不敢公然行之吧？更何況我這飽讀詩書的斯文人呢！而且我已另有所得。」

「嘿，我這才一轉背，去看敵方可有援手，你卻去當了個大好人！」

方恨少舒臂攬著高他一個頭的唐寶牛，微笑低聲道：「是是是……你別死撐啦，你因手傷痛出來的眼淚，還留在眼角呢。大家心照，互不踢爆。嘻嘻。」

唐寶牛忙揩去淚痕。

方恨少見他手忙腳亂似的，忙安慰他道：「這兩個不經打的東西，能幹出些甚麼事體來？都只不過是白愁飛派出來的小嘍囉而已，不過，手上倒有兩件好玩東西。」

——假使，方恨少真的能夠從已落在他們手上的陳皮和萬里望問出個事由來，至少，就會知道王小石的親人給囚在「八爺莊」，如果他和唐寶牛能先一步搶救，攻入「八爺莊」，或者，他們已做了一件確是比王小石和四大名捕都快了一步的大事。

人，本來就容易把機會輕輕放過的。

因爲機會來臨的時候，總難分清好壞、輕重、大小的。

而人只要看不清楚自己就同樣的分辨不出機會來。

——不過，有時候，得和失是很難判定的：你失去了這機會可能因而得到另一個更好的機會，而得到了這好機會其實是失去了另一個大好機會。

「你別懵懵，」方恨少倒跟唐寶牛興致勃勃的說：「這兩人倒提省了我，我們有更重大的事要幹！」

「更重大的事？」

唐寶牛對方恨少的話一向將信將疑。

「對，比打倒不飛白不飛還要重大十倍、百倍的事。」然後他以一付上將軍重託於副將般的眼神和口吻問：「這樣子的大事，你，承擔得來嗎？」

「天！有這樣子的大事，」唐寶牛興奮得淌出了口水，「沒有我唐寶牛，能成事麼！」

「對對對，沒有唐巨俠，不能成大事，」方恨少又摟著這「巨人」的肩膀呵呵笑道：「真是成事必足，敗事無餘。」

然後他用力一拍唐寶牛肩膊，豪氣的道：「咱們幹大事去！」

◇◇◇

總算，這些無頭無尾的對話，在場圍觀這兩名瘋瘋癲癲的途人與藍衫漢裡，卻有一名聽得懂。

這人姓唐，名懷石，是「夢黨溫宅」的高徒之一，聽出話有蹊蹺，情形不妙，馬上著他身邊的師弟：周磊石通知了上面。

——上面，就是他的「黨魁」。

七十　機能

陳皮和萬里望雖是折在唐寶牛和方恨少手裡，可是他們身上主要的傷，卻不是方恨少和唐寶牛下的手。

而是龍八太爺的人手。

原因非常簡單：

萬里望和陳皮經此一役，自然不敢直接趕去「八爺莊」，也無面目返「風雨樓」覆命，只好曲曲折折兜兜轉轉的繞路趕去龍八太爺府邸的後院，直撲「深記洞窟」。

卻是這樣一再耽擱，王小石等已先行一步，救出家人。

這時，龍八和多指頭陀，都負了傷，都忿忿不平，遷怒於孫魚帶強敵來犯，並忙著佈署晚間接待「貴賓」的事，與相府的高手緊密聯繫，卻聽又有兩名臉青鼻腫的自稱爲白愁飛手下的人正門不入、自後門混進來，只聽利明走報：「他們確是白樓主手下，但卻連令牌都沒帶在身上！」龍八一怒之下，也不問明究竟，只下令：

「給我棒打出去！」

這一來，合當陳皮、萬里望遭殃。

動手的是鐘午、利明、黃昏和吳夜，當真是不由分說。

兩人受傷在先，又不敢真箇還手，幸龍八這邊的人也沒敢真箇下殺手——因爲大家都估量得出這只是龍八太爺一時火上了頭所下的命令，可沒意思要跟白愁飛結下深仇，因而都留了餘地，卻仍盡情的打，一洩王小石那一役中的餘怒。

他們以爲：沒把這兩人當場打死，已很給足白愁飛顏臉了。

——白愁飛還該領龍八太爺這個情呢！

◇◇◇

白愁飛聽了陳皮和萬里望的陳述，寒著臉沒說甚麼。

看到白愁飛這樣子的臉色，有些事本要向他報告請罰的，也只好嚥回肚子裡去了。

之後，龍八太爺派了個人來登樓造訪。

來的人來頭也非同凡響。

那是「落英山莊」的莊主葉博識。

葉博識跟白愁飛是很有交情的。

六年前，葉博識跟白愁飛交談時曾不經意的說了一句：

「以我這點微末之能，還能攬了個莊主來當，以兄之大材，卻仍未能獨當一面，實在令人扼腕長嘆，痛惜不解。」

這句話對白愁飛影響頗大。

葉博識這次來，是龍八打了人洩了忿之後，知道箇中有蹊蹺，白愁飛說甚麼也是蔡京的義子，不好把事情鬧得太僵，故請葉博識前來說明原委，並半暗示半炫耀的說明了：今箇晚兒「八爺莊」有大人物到，自是不容人搞擾。

白愁飛一一聽了。

他沒表示意見。

——當聽到連那樣的人物也會宴於八爺莊時，他當然就不能再有第二句話說了。

他特別酬謝葉博識，恭送他下樓，請他代向龍八致歉認錯，表明他日再向龍八太爺登門請罪。

直至葉博識去後——

白愁飛回到了「白樓」頂層。

上了樓：

回到他的「留白軒」。

關起了門——

然後他脫得赤條條地，開始怒嘯、拳打、腳踢，幾乎要把一切可以毀碎的盡皆毀碎，他指天、罵地，用盡一切最粗惡骯髒的語言，從王小石、蘇夢枕，到孫魚、龍八，無不連同祖宗十八代給他詈罵在內。

他蒼白的臉因激動而脹紅，心頭一股怒火仍無可宣洩。

就在這時候，銅鈴響了。

——有人登樓報告。

這時候敢來報告的，一定是親信，而且必是非同尋常的急事。

所以他立即止住了罵聲。

然後深呼吸。

開門。

一名弟子跪在門前，正是利小吉。

白愁飛甚麼也沒有穿。

他雄猛、精壯、白晰、充滿了精力氣魄神采心志合併起來的魅力、且沒有一寸多餘的贅肉，全身機能都正值巔峰狀態，是一種氣和力、神和意的完美結合。

利小吉幾不敢抬頭看他。

——就算有人不爲白愁飛氣勢所懾，也爲他殺氣所制，不然，也不敢跟他寒傲若冰的眼神對峙。

除了兩種人：

一是殺氣比他更大的，譬如元十三限、天下第七。

一種是能包容他的殺氣的，例如：諸葛先生、王小石。

還有另一種人也可以：

那是完全體會不出他殺氣的人。

這一種人很多，滿街的販夫走卒都是，就連我們的溫柔大姑娘、唐巨俠寶牛先生，都或可列入這類人。

◇◇◇

「甚麼事？」

「有人要求見樓主。」

「甚麼人？」

「溫姑娘。」

「溫柔？她見我有甚麼事？」

「她……她不肯說。」

白愁飛冷哼一聲，目光閃動。

「她說：如果您不接見她，她就打上樓來。」

白愁飛失笑：「就憑她？她一個人？」

「她是一個人來。」利小吉問，「咱們要不要把她攆出去？」

白愁飛只沉默了一下。

只那麼一下下，就說：「趕她走？不，她來得正好，快去恭請她上來。」

「請她上來？」利小吉詫然問：「來『留白軒』？」

白愁飛笑了一笑，他的人本來就很俊，這樣一笑，還簡直有點兒俏。

「快去。」

他只說，又補充了一句：「她上來後一盞茶的時間，你吩咐祥哥兒、歐陽意意燙一壺酒上來，你告訴他們，是『胭脂淚』，記住，是：胭——脂——淚——他們自會曉得。」

他回到房裡，對著銅鏡望了自己全身一會兒，彷彿覺得很滿意。

然後他就開始穿上衣服。

他特別揀了一套潔淨的白袍，不過，裡邊卻甚麼也不穿。

然後他就走到扶梯口、欄杆旁俯視。

入冬的斜陽如醉，只剩暈紅一點。

未幾，他就看見他等的人，自樓裡廣場經過，他從上面望著她，在草坪上，伊英爽的走過，像一隻辣椒那麼紅！

她彷彿也感覺到有人在看她。

她驀然抬頭。

沒有。

樓欄空蕩蕩的。

只斜陽如血，紅。

她心中閃過一絲迷惘，若有所失。

◇◇◇

然而，白愁飛就在白樓樓頂：「留白軒」入口的陰黯處窺視著就像一個逗點的她，一步含情一上樓的上了來。

稿於一九九二年九月二十至廿一日與「朋友」十子歡聚於黃金屋。

校於九二年九月底，個半月內（不吃任何減肥藥物）減廿三磅。

第四章 像一個驚嘆號的我！

七十一 機鈕

溫柔卻是那麼美，使白愁飛想起他生平非常過癮的一件事，但那事有一大遺憾，而今晚就是償補這遺憾的時候。而且，也使他不禁自問：當日，溫柔還在「風雨樓」出出入入的時候，他就沒發現溫柔的靚俏麼？

不。

七、八年前，他初加入「金風細雨樓」，加上溫柔是蘇夢枕的小師妹，而且他也看得出來，王小石對溫柔很「有感情」。

他是一個以「大局」爲重的人。

「大局」其實就是他的「野心」。

何況在那時候，溫柔還小。

再漂亮的女子，還未完熟之前，還是不夠風情。

白愁飛志不在此。

他覺得自己犯不著去按這個「機鈕」：

他可不願在輕輕一按之下，這些貴人全變成了他的敵人！

他犯不著這麼做。

之後，王小石逐漸退出「金風細雨樓」的領導層，自己那段時候，正在招攬實力，建立勢力，他可沒多大的餘力去兼顧其他的事。

他要發洩就有女人，大可不必因女人而引發蘇夢枕的忌諱，除非他用另一種完全不必負責、不怕後果的方法。

直至他摞倒蘇夢枕後，王小石卻回來了。

溫柔在過去幾年，也常跟「七大寇」、「七道旋風」那干人混在一起，他也無心理會，無意惹上這一筆風流債。

王小石回來後，溫柔也常留在京師了。

這反而使白愁飛有一種感覺：

——怎麼白白放過！

（要不是我不在意，會輪到那塊連木頭都不如的石頭麼！）

（她已跟小王八蛋好了麼？）

（還沒有吧？看她步行的姿態，還是處子之身吧？）

他以手支柱，斜倚凭欄，白的袍在暮黝裡，驟眼看去，更顯黑白分明，但事實上白的沾了點暮色成了略灰，暮黯裡也因這反白映成了淡灰，所以仔細望去，反而成了個不分不明、不甚分明的人物。

溫柔忽然發現了他。

有點靦腆。

她今天下了決心要去「金風細雨樓」興師問罪之際，忽然覺這幾天常在外邊逛，又給那龜孫子禁錮了老半天，雖然待自己禮遇有加，但她大呼大鬧老半天，自然披頭散髮聲也嘶啞。

她到現在仍不明白：既然大白菜已抓了小石頭的家人，那麼，自是足以威脅小石頭了，那還要派人拿住自己作甚？

她意想不到的是：孫魚拿她作爲人質，是爲了要達成白愁飛的指令：「叫王小石來見我」而私下決定的，白愁飛本身並不知道這件事。

孫魚爲了立功，既不敢也不想向白愁飛「借人」，而他看準了王小石的性情，只要扣住了溫柔，就沒有王小石不願去的地方。

溫柔既想不通，偏要想，就越想越氣。

不過她也知道生氣易令人老。

她最怕老。

怕自己難看。

在象鼻塔裡，出發前，她忍不住在粧台照了照那面黃銅鏡。

照了照之後，又整了整衽。

整了整衣衿之後，又覺得還是不滿意，於是更換了件棗紅色的衣裙。

然後她又撂了撂秀髮。

撂了撂頭髮之後，仍是不大滿意，所以就梳了另一個漂漂亮亮的髮型。

但她不擅梳粧。

——以前，在洛陽，有老媽子爲她梳頭打扮。

她足足梳了老半天才把頭梳好。

可是又覺得衣衫太老氣了，不搭襯。

於是又換。

換了就照鏡子。

不滿意的又換。

直換到一件辣椒紅鑲金繡紫蝠花邊的衣衫時，她才較爲滿意，再好好端詳鏡子裡的她。

好漂亮！

——可惜就是衣服太搶眼，比她的人還奪目。

於是她又在臉上塗塗抹抹。

畫眉。

撲粉。

塗胭脂。

打扮好了，真是出落得像個美人兒。

之後她就興致勃勃的要出門。

忽又覺得不妥。

她再照照鏡子：

沒有不妥。

鏡裡的人很漂亮，尤其是一對含春漾水波似的眼睛，還有杏靨桃腮艷艷粉粉，

但她看自己也卻覺得越看越不像是自己。

——自己平素手大腳大、手粗腳粗的，扮那麼漂亮幹嗎？

——何況已嚴冬了，這兩天雖轉暖些，但穿那麼輕薄的衣衫出去不怕著涼也得

怕著人心涼！

想到這一點，臉上不禁有點發熱，像夕暉照得太近了不經意灼了那麼一下似的。

——咄，只不過是見那麼個大白菜！

——有甚麼了不起！

——他一向對自己還愛理不理呢！

打扮那麼漂亮，萬一他看都不看，自己的臉可往哪兒擱去！給誰看嘛！甚麼大白菜、小石頭，全不是男人，都不當自己是女人，想到就氣！

溫姑娘一跺腳，一咬牙，又回到妝台。

這次不是化妝了，而是把已化好的妝一一擦去、揩去。

臉上弄得一塌糊塗。

之後，她去洗臉。

洗了臉，又更了件粗布衣，她就那麼一張清水臉蛋兒（杏臉上還有未抹乾的水珠，一粒粒的如珍珠露水，眉毛還濕黏在一起，顯得更粗更黑，黑刀尖兒細挑般的秀氣！）出門去。

一隻腳才跨出了門口，想想又不妥：這一番心血哪，把臉呀眼呀耳呀眉呀整合了半天，還恨不得把鼻子拎高一點掰寬一些，像那個雷娟一樣，這樣才美些，巴不得把腮頷扶呀捏呀的想捻得尖削些、清減些，這才能跟雷純那麼艷麗。結果，弄了箇半天，跟先前沒兩樣的，就出門去了，彷彿很不值。

所以她又重新坐下來：

化妝！

◇◇◇◇◇◇

終於，她是畫了眉目、口紅，添了點粉，換了件紅氈赭衣才出去，臨出門前，還再補些香水。

——卻不料吳諒、何擇鐘等人居然還不讓她出去。

好，不給本小姐出去，本小姐就溜出去。

於是，她就溜了出去。

不過，半途上還是給人纏上了，要她回去。

她硬是不回。

——反正已出了來，人家好漢是不到黃河心不死，本姑娘是出得了來就是離了家，抬上八頂大轎本姑娘是興盡了才回老家去！

沒法。

——這姑娘誰也拿她沒辦法。

既然沒辦法，就只好陪她過來了。

是龍潭渡龍潭。

係虎穴入虎穴。

——誰教他遇上了溫柔！

七十二 機樞

可是，曾爲見白愁飛而刻意化妝的她，雖然已洗盡鉛華，但還是覺得很不好意思，彷彿那些已抹掉的妝扮都留下了洗不去的罪證似的。

「啊。」

白愁飛微微的叫了一聲，恰可讓她聽著。

「怎麼？」

「我臉上沒寫著麼？」

白愁飛嘴角邊牽起一朵笑雲，反問她。

很早以前，溫柔就迷死了他這樣兒的笑意了，她現在看了，心裡還是突的一跳，還是突然沒跳了一下，反正她也弄不清楚。

她甚至也不清楚他在說甚麼。

「你說甚麼？」

「如果驚嘆也有個甚麼符號的話，」白愁飛指著自己的印堂說，「我就寫著這個號啊！那是對妳的美讚嘆不已呢！」

兩朵紅雲掠上了溫柔的杏靨。

「我哪裡美！以前也從不關心過人家！」

她帶點害臊的時候，說話也細細柔柔，而且因刻意要裝成熟而份外顯稚氣，在這樣剛剛入暮之際，特別動人。

白愁飛也怦然心動，忽然想起那一次在齷齪的夜色裡破碎的衣衫掩不住白晰而瘦小的胴體，而今，這清白之軀已豐滿了許多了吧，可更見風情了吧，那嬌嫩的乳房還柔軟如鴿麼？臂部也像口小枕吧？妳這裡那裡都美哩，但話卻不能這樣作答。

他這樣想著的時候，回答卻十分誠懇，而且還帶著些微的歉意：

「那時候我忙，妳是知道的，蘇夢枕、王小石都在，沒辦法。」

「你真是關心人家，就多陪人家玩；」溫柔不大明白白愁飛的說法，「要不，就派我去做些掀風翻浪的大事都行，哪有對人家不瞅不睬的！」

「那是我不對，」白愁飛瞇著眼，彎彎的、長長地，像一條浮動的船，「今兒我請妳吃酒、陪罪。」

「我今兒跑這一趟卻不是來吃酒的。」

這卻使溫柔省起了她此行的重大意義，嘟著腮幫子說：「我是來興師問罪的。」

「哦？請坐。」

溫柔大剌剌的坐了下去，才發覺應該坐得斯文一些。

「請茶。」白愁飛親自斟上了一盃茶，「待會兒敬奉酒菜，向妳陪禮。」

「你當然要陪罪。」溫柔想到就很委屈，扁了嘴兒，「你幹嗎要叫人綁架我？」

「綁架妳？」白愁飛倒是一怔，「誰綁架妳？」

「你。」溫柔差不多要哭了，連跺幾腳，惱憎了起來：「還不認！」

「我綁架妳做甚麼？」白愁飛也問不明白，「像妳那麼標緻的姑娘是拿來疼的，怎麼要綁架呢！」

溫柔聽了，這才由怒轉嗔，噘著嘴兒告狀：「誰知道你說的是不是真心話！一下子不理人家，一下子叫人來綁架——難道孫魚不是你手下？他會不待你吩咐就暗算本姑娘我？說了也沒人信！你做的事總是不認賬！」

「又是他！」

白愁飛在心裡一陣火躁：媽那個巴子！又是孫魚！

「怎麼？」

「沒甚麼。」白愁飛當然不便說出他對此人的恨意，也不能承認他完全不知道手下做了這件事：面子，有時候確比交情更重要。「他有把你甚麼嗎？」

「甚麼甚麼嗎？」溫柔愣然。

白愁飛凝視著她，兩手支在她椅把子上，衣襟很貼近她。

溫柔嗤地一笑。

「笑甚麼？」

「——你這樣望人家，傻的！」

「因爲妳漂亮。」說著，便用手背去輕觸溫柔的玉頰。

一下子，溫柔心頭怦怦亂跳，急如鹿撞：她畢竟是江湖兒女，雖然情竇已開，但對男女調情，只是嚮往，卻一竅不通，而今情狀，一如機械已然開動，她大小姐卻茫然也惶然不知縱控的機樞在哪裡，開關都不能掌握在她手裡。

貼得那麼近，使她可以聞得著他的氣息。

這可不止慌了手腳。

也慌了心。

「孫魚這龜孫子敢對妳這樣，真是該罰；」白愁飛忽然笑吟吟的道：「該罰，罰我喝酒陪罪。」

然後他自袖子裡掏出了一點蠟丸，拍開，裡有三、四十顆小丸，他仰首一口氣服下，根本不必以水送服。

溫柔詫道：「這是解酒丸？」

「不是。」白愁飛注視她天真漫爛的艷，心裡想：難怪稚氣和艷美可以同時出現在她身上，因為她現在年紀也不小了，自然該有女人的風情了，可是思想上還是這般不成熟：不成熟得使他一切舉措幾乎都不必隱瞞，已手到擒來，甚至送上門來：「我受了點傷。」

「甚麼傷？」

「內傷。」

「誰打你的！？」

「王小石。」

「——他！？」

「你知道他為甚麼要處處跟我作對嗎？」

「因為你害了大師兄。」

「不對。」

「那為了甚麼？反正你常常害他！」

「不是我害他，而是他嫉妒我。」

——要是白愁飛說：不是我害他，而是他害我……溫柔對他的話可能根本不會相信。

「他嫉妒你？」

「說對了。」

「——因爲你是金風細雨樓的樓主？」

「因爲妳。」

「我？」

「因爲妳對我好。」

「啊？哦？呀！」

「他嫉妒我，我只好處處忍讓他，避開妳。」

白愁飛本無意要把這話題持續，但見這小妮子聽得那麼震動、這般入神，覺得很好笑。男人總有一種只要有人崇拜他就不惜做下去、做到底、裝作得成了自然而然而且自自然然的本領。

「是呀，躲開妳是爲了讓他。」

「你……」

溫柔是個硬脾氣的女子。

但心軟，很心軟，她心軟得連睡覺前看到一隻螞蟻經過床榻，一向睡了也拳打腳踢的她居然恬眠時也謹記住不翻過身子。

「躲開妳的日子，真痛苦。」

白愁飛哽咽的說：他心裡盤算，要不要讓兩行淚簌簌落下來呢——畢竟，賺得一個愛慕他的女子澎湃情感，也比得上戰伐中取得勝利的快感。

他已不必落淚。

她已落淚。

她扯著他衣袖抽泣不已：

「死阿飛，死阿飛……我錯怪你了……」

白愁飛唉聲嘆氣的道：「那有甚麼，爲了妳，我可以放棄掉一切……」

「不，不要，不飛白不飛，不，死阿飛，不，二哥，不要——」

白愁飛心忖，她叫「不要」的時候，可跟幹那回事叫的語音相似？他倒很有興趣要知道。當起了這個歹念的時候，他的身體已迅速充血、勃起，就像特別爲那話兒灌了烈酒一樣，由於他衣服下甚麼也沒穿，又那麼貼近溫柔，是以邪意更熾烈了。

不過，話兒他是照樣說下去的。

「……我只要和妳逍遙自在，雙宿雙飛。一直以來，都是小石頭在從中作梗——唉，爲了妳的幸福，有更好的歸宿，我只好把精神都放在事業上……」

真肉麻。

白愁飛暗啐了一句，自己說得連骨都痺了。

——可是怎麼多半女子都愛聽這個？

她們愛聽，就只好說下去了：

「你知道，我自幼是個孤兒，四周流浪，歷盡滄桑，隻手空拳打天下，才剛有了少許造就，又給人冤枉誣陷，打了下去……我幾經掙扎，受人白眼，但卻沒人理會與同情——」

溫柔聽著，哇的一聲哭了出來。

白愁飛語音沙嗄，聲調哀怨，臉容保持冷傲，但撫摸她的髮髻卻充滿了感情：

——嘿嘿，沒想到，不必下藥，不必飲酒，這小妮子已完全崩潰，穩保徹底奉獻！

他偷笑。彷彿本來只是想走入歷史，卻還錯入了神話。

更大。

更威風。

「唉，」他控制住自己的聲調：讓忍不住的笑意轉化爲抑不住的蒼涼，「不過，孤獨、寂寞、已沒有再向人傾訴的必要了。我已習慣世間的唾棄，人們的背義，天下的誤解！」

「不，不！」溫柔不管眼淚把她弄得像隻大熊貓，依搗在白愁飛袖間，窩在他腰間哭道，「大白菜，你別傷心，我支持你，柔兒永遠不離開你……」

她在他腰間摩擦。

忽然，白愁飛的身子似僵硬了起來。

她也感覺到一種特殊的燠熱，自頭肩處傳了過來。

白愁飛的呼息也急促了起來。

他托起了她的臉，並且深情款款的注視她。

她只覺得意亂。

神迷。

他慢慢的湊上了臉。

接近她。

她不由自主的向後縮了一縮。

他的手立即緊了一緊，使她的下頷覺得有點痛。

奇怪的是，此際，她忽然掠過腦海的是：

暗夜。

穢巷。

泥牆邊的那一場強暴：雷純身上的碎衣掩不住白晰腿上正滑落的液體。

——怎麼會想到這些呢？

這使她驚。

懼。

迷而且亂。

然而白愁飛的眼神：寂寞、愁傷之中，還燃燒著一個熊熊的冷傲、凜凜的熾熱。

天！

她不能拒抗。

她無法拒抗。

她不想拒抗。……

忽聽外頭「篤、篤、篤篤篤」響起了敲門聲。

「酒菜送來了，樓主。」

七十三　機艙

兩個本來要湊在一起的人影驟然分開。

主要是女的推開男的。

溫柔整個臉都哄哄的大緋大紅了起來。

她在拗指甲，隨即省覺自己眼淚鼻涕糊了一臉，便隨手拈了白愁飛的袖子來抹，就像是一張隨手拈來的桌布一樣。

——因爲親切。

但白愁飛爲之氣結。

◇◇◇

他當然不是惋惜身上那一襲白衣。

而是偏在這時候，居然有人送酒上來，嘿，而且還是他自己一早就佈下的局。

——居然還不必用藥動粗，這等女子已任由魚肉！

◇◇◇

他打開門，是祥哥兒和歐陽意意。

他們端菜捧酒過來。

酒有兩壺。

菜不多，卻色香味俱全。

——本來，斟茶倒水的閒事，說什麼也不會輪到歐陽意意、祥哥兒來做。

這當然是特別的菜餚。

特別的酒。

還有洗臉洗手還是洗甚麼的水皿。

這兩名心腹也不是第一次辦這件事。

他們辦來已頗有默契、得心應手。

白愁飛叫他們把酒菜端進去，放桌上，他向他們睞了睞眼——「好了，出去吧。」

他們居然不走，也向他眏了眏眼：「樓主，我們有事稟報。」

白愁飛正在興頭上頭，頓時不耐煩起來。

卻聽溫柔幽幽的說了一句：「他們……是硬要跟我一道兒來的……不是我要讓他們來的，他們就是癡纏沒休，你別難爲他們，他們也是爲我好……」

她就是沒說王小石派他們來的，以免白愁飛對王小石的恨意又加深一層。

她還是希望他們能好好的——兩人都能好好地在一起：甚至是他們（連她自己在內）都能好好的相處。

這回是白愁飛一時沒聽懂溫柔的話。

隨後他才清省了一下，聽到樓下傳來爭執的聲音。

他這才弄清楚了：原來有人要闖上來。

——原來是有人跟溫柔一道兒來的！

他心中有點驚省：

自己太興合合了，居然沒發現那爭吵的聲音，看來，那小妮子雖意亂情迷，聽覺可還好得很。

然後他馬上又有了惡念：

既是有人跟來，必是王小石的人，這樣的話……今晚，大可一石二鳥、一箭雙鵰，我先射下他的靶，看那小王八蛋還射不射得出他的傷心小箭！

「既是溫姑娘的客人，好好招待他們吧！」

歐陽意意、祥哥兒都說：

「是。」

「不是有話跟我稟報嗎？」白愁飛挑著眉花說：「這等煩俗瑣事，不要纏煩溫姑娘，咱們出去說。」

他跟二人踱出了房門，掩上了房門，說：「妳先洗把臉，我去去就來。」

溫柔嫣然一笑。

臉上還有淚光。

幸福的淚光。

◇◇◇

幸福是甚麼？

幸福是一種真正的快樂——也許只是以爲自己很快樂。

冬天夜晚來得快。

今夜沒下雪。

今晚沒有月。

但燦爛的是天上，不是人間。

寒星閃燦。

星子只現於蒼穹一角，已著了火似的密佈分據，聲勢之壯，足令白愁飛吃了一驚。

風很大。

很冷。

也狂。

狂得居然敢掠動白愁飛的衣袂，令他的袍裾褟褟欲飛。

白愁飛一向喜歡風。

甚至愛上狂風。

因爲風使他想飛。

欲上青天。

沖上雲霄。

好一種感覺。

——痛飲狂歡空度日，飛揚跋扈爲誰雄！我欲乘風歸去，又恐瓊樓玉宇，高處不勝寒！

◇◇◇

「來的是誰？」

「蔡水擇、吳諒和張炭。」

「他們？」白愁飛沉吟了一下，在狂風裡，他有很多意念，紛至沓來，靈感閃躍不已迅掠即逃。「他們來得正好。」

然後他細細的吩咐二人一些話。

兩人聽了，也奮亢了起來。

祥哥兒自然充滿了雀躍之色。

歐陽意意一向沉著冷漠，也禁不住整個人繃緊起來。

「這是個絕好機會，可將計就計，咱們依計行事。」白愁飛的眼睛在黯夜裡，映著樓頭的火把，竟似寶石一般的亮，「記住，首先要分隔他們三個。」

歐陽意意和祥哥兒退下去之時，連白愁飛也感覺到他們抑不住的緊張。

——大對決將臨！

同樣，他們也感覺得出來：白樓主已給鬥志充滿。

那不僅是一個人的意志。

還有野獸一般的力量。

甚至有禽獸一般的慾望。

◇◇◇

風勢，是愈來愈大了。

白愁飛是個一向會觀風向的人，他常常幻想自己是一隻白色的大紙鳶，有風就能飛翔。

他不怕風大。

不怕繩斷。

——斷了繩反而能無盡無涯無拘無束的任意飛翔。

想飛之心，永遠不死。

有風就有飛的希望。

風是那麼的大，灌滿了他的衣襟。

風對他而言，就像是時機。

——是時候要飛翔了。

灌滿了風的衣襟，就像是充滿了氣和力以及機會，他整個人倘佯其中，意念電閃，就像是一個偌大機會的艙庫，箇中潛力，用之不盡。

風的來勢那麼急，看來，今晚少不免有一場颶風吧？

他眺高遠望：六分半堂那兒寂然依舊。

只有他在金風細雨樓上，仰首蒼穹，傲星迎風，胸懷大志，霸業王圖。

是以他又唱起了他的歌：

「……我原要昂揚獨步天下……我志在叱吒風雲……

……龍飛九天，豈懼亢龍有悔？轉身登峰造極，問誰敢不失驚？……」

他正志得意滿，忽見樓裡那一盞燈色。

很暖。

那兒有一個女人，在等著他。

——她還是處子吧？

在未決一死戰之前，先祭祭劍也好。

他想起這樣做就能既深又重的打擊王小石，高興得幾乎要狂笑起來。

他不便狂笑。

他長嘯——

◇◇◇

長嘯聲中，他看見梁何匆匆而來。

他正是召喚他來，佈署一切。

——雖然沒有了孫魚，但仍有梁何，這就是他不止把時間心力放在培植一人身上的妙著！

七十四 機智

不是不知道不能來，因爲沒有選擇，也不得選擇，蔡水擇、張炭、吳諒等只有也只好跟了溫柔進入了「金風細雨樓」。

不是沒勸過溫柔，而是雖已在樓外及時攔住了，但仍是勸不住這姑娘。

「妳千萬不要進去！」

「爲甚麼？」

「王老三正跟白愁飛對敵，妳這一進去，豈不送羊入虎口麼!?」

「羊？」溫柔停步，眾以爲她回心轉意，卻聽她杏目圓睜、叉腰嗔道：「你們看我：武功高強；女中豪傑，不讓鬚眉，機智絕倫，我像羊麼？」

蔡水擇楞住了，一時不知怎麼說下去是好。

一急，本來黝黑的臉孔可就更黝黑了，加上他的臉五官歪曲，甜山老林寺之役尚未復原，更是古怪詭異。

忽聽張炭悠悠的說：「不像。」

張炭最近沒曬太陽久矣，這會兒又長得白白胖胖的，他的膚色白來得快，黑得也速，有時這邊臉沒白得過來，那邊臉已曬黑了，唯一不變的，是他臉上的痘子，和愈長愈粗、愈來愈密的鬍碴子在他那張鹹煎餅似的大臉龐上相互對壘、各自佈陣、一步不讓、寸土必爭。不過無論肥些胖點，白臉黑臉，他的樣子仍可以說是英俊好看。

溫柔一聽，展顏笑道：「還是你瞭解我。」

「是不像羊，」張炭補充道：「但像兔子，待宰的兔子。白愁飛要做的只是守株待兔！」

溫柔一聽，又氣出了三個梨渦，正要發作，回心一想，不理他們，逕自快步往前走去。

「也罷，」她說，「兔子總比羊好看。」

「是不是！」蔡水擇急得直跺腳，「你可把她給氣入了風雨樓！」

「那也沒辦法的事，」張炭沒奈何的道，「她要去，咱們也沒辦法，只好她去哪兒，咱們都跟過去好了——以白愁飛跟她的交情，不致於要她的命吧？」

「我看哪，她也不像兔子。」在一旁的吳諒忽然小聲道：「只是剛才不好說。」

張炭大感興趣，追問。

「像豬。」「前途無亮」吳諒指著腦袋瓜子，「笨得像頭豬，真真正正的大笨豬！」

溫柔見那三個男人交頭接耳，喁喁細語，卻不跟她說話，便倒過來想知道他們說些甚麼，只聽了一個字：

「你們說甚麼？甚麼朱？」

「沒甚麼。」吳諒慌忙充滿感情的說，「我們說，在晚霞映照下，妳真像一顆真真正正的夜明珠。」

對這句話，溫柔很感滿意。

於是她就在夜明珠聲中進入了「金風細雨樓」。

把守「風雨樓」關口的利小吉慌忙走報，留下毛拉拉、馬克白、朱如是等人嚴陣以待。

「最好，」蔡水擇充滿了憧憬，「那白無常不讓我們進去。」

「膽小！」張炭以一種大無畏的精神道，「沒膽子闖龍潭入虎穴，一輩子只窩在耗子窟裡！」

「萬一有個風吹草動，」吳諒倒是深謀遠慮，「咱們先一個個回去通知小石頭！」

「別怕，有我在。」溫柔氣定神閒的道：「以本姑娘的機智，這次興問罪之師，看死阿飛還能飛到哪盤菜哪碗飯哪杯酒裡去！」

機智。

——機智是甚麼東西？

也許，機智只不過是聰明人的玩意，卻是老實人的難題。

大難題。

於是，溫柔、張炭、吳諒、蔡水擇等人進入了「風雨樓」。

白愁飛只接見溫柔。

溫柔也想單獨會白愁飛。

梁何等人要把張炭等三人留在黃樓底層，那兒本就是接待賓客的地方。

卻把溫柔請上了黃樓頂層。

大家都叫溫柔不要去。

「他能吃了我呀？我怕他？」

溫柔偏要去。

大家都拗不過她。

——反正不來都已經來了，這險不冒也已冒了泡，這鍋沒揹上也一早扛著了，張炭只好說：

「好，一刻後要是妳沒信息，咱們就打進去打出來。」

朱如是冷哼了一聲。

歐陽意意嘿聲道：「只怕是直著進來，橫著出去。」

「得了得了，」溫柔溫柔的說，「我沒事的，你們放心。」

「那好，」吳諒只好「付於重託」：「那一切都要仗賴溫女俠的過人機智了。」

「這個當然。」溫柔覺得這句最鍾聽，「本姑娘不會忘了你們的——我一定會照顧你們。」

張炭、吳諒、蔡水擇三人受寵若驚也受驚若寵、感動莫名、感激流涕的齊聲道：

「謝謝關照！」

◇◇◇

可是，不止一刻，三刻將屆，溫柔仍是沒有動靜，未曾下來。

七十五　機票

三人端是再沉得住氣，也不可以再沉下去了。救人如救火，直急不可緩。救人也如救溺於水，讓他沉下去再救上來已沒有氣了。

張炭想發作。

蔡水擇悄悄的扯下了他。

「幹甚麼!?」

張炭的火氣本來不算怎麼大，但不知怎的，他一見蔡水擇就火大。

——許是當年「九連盟」要併吞「刺花紋堂」時，、「桃花社」全體都爲支持正義的一方而力戰，但「七道旋風」之中，就蔡水擇推說「天火神刀」沒練成，而不赴斯役，到「桃花社」退逃落難之際，蔡水擇又以「黑面蔡家」門規禁嚴，拒絕了張炭要求在兵器大王蔡家匿藏避難一段時間的要求，私下卻投靠天衣居士，一面潛心學藝，一面在江湖上立萬揚名。

是以張炭痛恨蔡水擇孬種無能，他記著前輩的話：「生死不知，枉爲兄弟」，拒絕再跟他往來，不齒與之相交。

後來，天衣居士有鑑於二人本是好兄弟，變得水火不相容，故意在甜山佈陣中，讓他們兩人同據「老林寺」一陣，因而發生了兩人聯手加上無夢女血戰司徒殘、司馬廢和趙畫四，打得驚心動魄、捨死忘生，張炭和無夢女雙雙為各自奇異武功所纏，蔡水擇為救兩人，獨戰趙畫四，苦鬥不休，以致一張臉給踢爛，身負重傷，仍然不退，使張炭對他大是改觀。

——不過，改觀歸改觀，張炭對蔡水擇依然不以為然。

（咱們兄弟在遇難苦熬的時候，你在幹甚麼？）

（枉賴大姊跟你結義一場，我們都在逃亡落魄之時，你打造天火神刀成功，揚威武林，得意於天衣居士，儼然成了「黑面蔡家」的代表人物，新一輩中的佼佼者，還號召當年「桃花社」舊部為班底，得意於一時——可是，我們呢？都還在苦熬不已，等天天不理，等人人不救！）

（我們最需要友情的時候，你卻把友情置之不顧；在你最需要友誼的時候，我們伸出了友誼之手——最終卻給你一刀斫斷！）

（現在跟大家一起拚命那就可以補過了麼？在這兒的，誰不拚命！）

（——生死不知，枉為兄弟。）

（——「一朝是兄弟，一世是兄弟」：一位高人曾說：誰教你先不把兄弟當兄弟！）

張炭對蔡水擇仍無法釋懷。

不肯原諒。

——就是因爲當他是兄弟，所以才越發不能原宥。

那種感情是不同的。

血濃於水。

酒醇於茶。

——要是只當朋友，才不會這樣要求，也不會這般見怪。

甚至一點也不見怪。

簡直是見怪不怪。

只見外。

兄弟和朋友是完全不一樣的：

神州大俠也說過這樣的一句話：

「你會幫朋友解決問題，卻會爲兄弟賣命。」

（蔡水擇，我們願爲你效死力，你有賣過命嗎？）

（那一次，在老林寺，你只是為保住自己性命而戰，再說，那頂多也不過是在力戰中尋求補償。）

是以，蔡水擇的話，張炭多不願聽，聽亦不見得從。

◇◇◇

「我們處身在敵方陣營裡，宜稍安毋躁，一旦鬧大了，只怕沒好處。」

「要有好處就不要跟來——跟來準沒好處。」

「也不是這樣說。溫柔就在上面，萬一鬧開了，恐怕她第一個走不出來。」

「她現在也還沒走出來。」

「我怕鬧起來對方反而有藉口把她困住。」

「那咱們就任由他們魚肉啊？說不定，溫柔已遇險，正等著我們救援呢！」

「我們也沒聽到甚麼異響，對不對？就再忍一會兒，才發作，好嗎？」

蔡水擇以一種顧全大局的口吻，作出要求。

張炭只冷哼。

他問戍守的人：「老兄，請通傳一聲：把溫姑娘請下來，可好？」

那人正是毛拉拉，他沒好氣地回答：「是她自己要上去的，她要下來自然會下來。」

張炭本來脾氣也不太大，可是一見蔡水擇和吳諒都半聲沒響的樣子，脾氣也就來了：

「那麼，我們也上去看看，怎麼樣？」

在旁的馬克白忽然問：「這位請了。」

「請了。」

「你看過戲未？」

「戲？唱戲、雜耍、韻劇，當然看過。」

「好看麼？」

張炭一呆。

「有的好看，有的不好。」

「要給錢麼？」

「有的要，有的不收錢——你問這幹啥？」

「不幹啥。」馬克白陰沉的道：「只不過，要是正台的戲，多是要收錢買票的。要上樓晉見白樓主，不是不可以，可是，票子沒發下來，機會只能等，還沒來。機會是要票子的。不管是戲票、銀票都一樣。你不可以強來。要是強佔位子強上台，你以爲你是誰啊？後果要是鬧出甚麼事體兒，可要自己負責哦。」

他陰惻惻的反問：「——年輕人，你還忙著長痘子嘿，可負責得起？」

張炭霍然立起，與馬克白相互對視。

對峙。

蔡水擇嚇了一跳，忙扯他坐下來。

他不坐。

蔡水擇只好低聲下氣的要求道：「——就當是爲了溫姑娘，忍一忍，好麼？」

張炭這才坐下。

悻悻然。

他連蔡水擇也一起生氣進去。

馬克白嘿聲走到一旁，暗中以聽覺監視三人：他的眼睛已幾不能辨物，反而在言談間卻故意說些要用目力的節目來證實自己與常人無異，他跟張炭說看戲買票就是一例。

他也在等。

他亦不知道樓上在幹甚麼，白樓主打的是甚麼主意。

七十六 機緣

吩咐了梁何速去辦好一切之後，白愁飛在躊躇滿志之中，生起了兩個警惕：

——他下的命令，梁何已很快就聽得明白。這表示他的領悟力已愈來愈高，而辦事水準也愈來愈接近自己。他已愈來愈是自己的得力助手。

——這樣下去，另一個發展是：一如自己從蘇夢枕的得力助手，漸而成爲他的心腹大患；或像自己一手培植的孫魚，他的所作所爲顯然已出賣了自己。

（唉，梁何是人才。人才是拿來用的，要不，就是拿來殺的。——如果自己就像是蘇夢枕，梁何會是王小石，還是白愁飛？）

這一下子，他倒羨慕起蘇夢枕來了：至少，他還有一個忠心耿耿的（或者不止一個）王小石！

回到「留白軒」，步向愈來愈近的燈光，他竟萌起一種浪蕩江湖少有罕見的「回家的感覺」。

但隨燈火愈漸明亮，他的慾火亦更高漲。

這時候他還沒進入「留白軒」。

他還沒對溫柔做出任何事。

隔了一道門，看著晃漾的燈火，想到溫柔這個女子，白愁飛心中忽然生起了真正的溫柔感覺來。

他似乎有點兒真心的喜歡這女子。

可是他忽然又想起了王小石。

——這小王八無論到哪兒去，怎麼落拓，卻都是十分有人緣。

——可惜他所喜歡的人兒，卻是喜歡著我，而且就在我房間裡。

——只要我得到了她，她就是我的人：沒有任何一件事，比這作爲更能傷害王小石了！

——只要想到能傷害王小石，那就是值得做的事！

白愁飛奮亢了起來。

他覺得自己現在已義無反顧。

以前，他初出江湖的時候，對他真正喜愛的女子也手足無措，不知如何疼惜是好，也不懂得展開追求。

於是，她們一個一個的在他眼前消失了：有的嫁人，有的遠去，有的甚至沒給男人碰過就凋謝了，有的卻跟遠比不上他一根指頭的男人胡混在一起……卻是誰都沒有多看上過他、甚至連看都沒有看他一眼。到他飛黃騰達之後再會上其中兩三個，她們對他十分鍾情、仰慕，卻以爲跟他才是初晤！

後來，他終於弄懂了。

喜歡那個女人，最對得起他自己的手法，就是把她弄上床去，然後用最對不起她們的方式捨棄她們，她們才會記住他一輩子，永遠也忘不了他。

是以，白愁飛變了。

他不要愛上。

愛上是一種毒。

他只要上。

上她們的床，或跟她們上床，抑或是騎上她們的身子。

——不惜用各種面目，用一切法子，這樣，雖然沒有真正的愛情，那又有甚麼關係？尤其當你已有了一流的享受之後！

大人物是不該去愛人的。

大人物只須讓人去愛。

白愁飛覺得自己是個大人物。

◇◇◇

白愁飛本來想直接闖進去，那本來就是他的房間，但他還是先敲了敲門，卻不等溫柔來開門，他已推門而入。

他看見溫柔黑黝黝彎且長的睫毛顫了顫。

有點慌失失。

——這帶點慌的女子其實美得讓人有點心慌。

房裡真黃。

黃色。

黃色是燭光蘊釀出來的。

讓燭焰漾起來的。

他走了過去，溫柔像鼓了很大的勇氣，才抬眸、展顏、梨窩深了又淺了一下，道：「他們在樓下鬧事啊？」

白愁飛由於站得近，仔細端詳，還是發現她仰起來的脖子柔、白而美。

他真想吻下去。

這房裡的燭火比酒還催情。

「沒甚麼事，我叫他們再等等，」白愁飛指了指菜餚，柔聲道，「菜都涼了，還不吃些麼？」

「你不吃嗎？」

溫柔很溫柔。

「我？我不餓。」

「你不吃，我也就不吃了。」

「好，我就陪妳吃一些吧。」

「你吃，我就吃。」

溫柔嫣然。

含羞答答。

白愁飛見溫柔不大挾菜，舉箸挾了塊羊肉給她吃。

「我不大吃肉，」溫柔把肉挾回給他，「你吃。」

白愁飛並沒有勸酒。

因爲，看來已不需要。

——對這女子，他認爲已手到擒來，已不必下藥了。看來，這小妮子仍是處子，不用藥物更有滋味、刺激，而且痛快。

他色迷迷地想著這些，不覺自斟自飲：他們端上兩壺酒來，他當然選沒「胭脂淚」的那一壺飲。

溫柔只甜蜜蜜的淺笑。

「笑甚麼？」

「笑你。」

「笑我？」

「笑你大口大口的吃羊肉，像頭老虎。」

「吃牛肉嗎？我挾給妳。」

「牛肉？才不吃呢！」

「爲什麼？廚子炒得挺鮮嫩的嘛。」

「牛是最可憐的了。牠爲主人熬了一輩子，不知吃了多少鞭子，風吹日曬，犁好了多少農田，長出了稻子麥穗，養活了多少人。以牠的身形，要反抗主人，其實是不難的，但牠一輩子都忠於主子。可是，到牠老耄無用時，主人還把牠賣到屠場，宰殺了牠，從皮到骨，肢離破碎，連尾巴都拿來熬湯，抽削肉挑筋敲髓刨骨，一點兒也不放過。你沒聽說過嗎？牛進屠宰場時會流淚的……牠沒有反抗，可是心裡一定在想：主人主人，我爲你熬了一輩子，吃的是草，種的是稻，怎麼你這麼狠心，就不念我多年忠心苦勞……」看來，這幾年窩在汴梁城裡，接觸不少苦哈哈、窮哈哈們，溫柔依然大姑娘、大小姐一個，可是識見卻很是不同了。

白愁飛只在嚼吃小牛腰，頓時吃得有點不是滋味，忙挾了一塊雞肉給她，催促道：「那麼，吃雞吧。」

「雞？我也不吃。」

「雞也不吃！？雞有甚麼？牠可不會種田犁地、流淚吃草啊。」

「現在京城裡的雞全是養來吃的。一生下來就關在籠子裡，擠擠迫迫的，從來沒自由自在過，一大群一大群窩在一個黝暗、潮濕的狹窄地方，你迫我我逼你的生存著，只等長得夠成熟就抓去宰割的一天。你想，牠們何辜何孽？一生下來就只等死，等候作人口腹之慾！就像是一個個的死囚，活著只爲了等死還孽，沒別的指望，沒有任何享樂。你這樣把牠吃下肚裡去，也自然把牠死前的種種受壓迫、驚懼、恐怖、毒質也全吃到胃裡去了。牠們的主人用甚麼骯髒的食物餵牠們，你就等於間接吃下牠們所吸收的食物……」

白愁飛聽著，也有點吃不下嚥，只好轉移到那一碟清蒸魚上：「魚呢？魚沒事了吧？魚都不吃，吃齋好了。」

溫柔卻反問：「這魚卻是在哪兒打撈上來的？」

「我怎知道？我只管吃！」

「可是牠在哪裡給逮著卻是影響很大呀！」

「那有甚麼關係？我可搞不懂。」

「現在很多的池塘、海邊，都給污染了，人們在水裡倒糞、撒尿、洗衣，染布紡、磨豆坊乃至雷家堡的火藥庫、溫家老字號的毒藥場的髒物污水，全往海裡河裡倒，這些魚吃的都是這些毒物，你說牠們不是渾身是毒？就算不是在污染的水域逮的，你又可得知牠們是不是遠自蜀中唐家溪畔游來，身上正帶著唐門的毒刺，你卻以爲只不過是一支魚翅的吃下肚子裡去了。何況，魚本來在水裡，游來游去，多自在啊，就爲了你口腹之樂，忽爾把牠們抓了上來，牠們喉給魚鉤穿破，牠們在網上脫水彈跳掙扎，你吃下去的，全是牠們死時的驚怖——你想，一個人受驚嚇多了，也會害各種的病，更何況是魚！牠們從沒惹你，沒害你，也沒見過你，牠們也一樣有親人、父母、妻兒的，卻因爲你的食慾，就把牠們活生生的給害了——你試想一想，你吃得是一個一生受苦、掙扎不得、任人宰割，忍受著極大恐悲苦痛的肉身，你不怕吃進肚子裡的也有牠的屈辱與不平，還有那卑弱可憫的靈魂，難道這對你一點影響也沒有嗎？說實在的，我還真吃不下咽呢！」

白愁飛咕噥道：「能給我吃的，還算是牠的機緣造化呢！」

「如果你今生不幸是一頭牛、一隻雞、一條魚，就不會這麼說了。」

「對，牠們就根本不會想，不會說話了。所以我只能想、能說，我幹嗎不吃。給我這種幹天地爲之風雲變色的大人物吃下肚子裡去，不只是牠們的機緣，還是牠們的福氣呢！」白愁飛反問：「妳這也不吃，那也不吃，妳吃甚麼？」

「我？我吃蔬菜，吃水果，也不是完全不吃肉，偶爾，也吃一點的。」溫柔嫣然道：「你看我皮膚白雪雪、滑律律，就是吃這吃來的。」

「沒想到妳的佛心那麼重，不會有一天當尼姑去吧？不過，如果出家不成，看妳把箸子拿得那麼近挾菜餚的地方，」白愁飛不經意地隨口搭訕並趁此轉換了個話題，「將來一定嫁個近在身邊的丈夫了！」

「赫！」溫柔疑惑地問：「這是怎麼看得出來的呢？」

「這還不簡單，」白愁飛趨過去示意，「這是箸嘴，那是箸尾，你的拇食二指捏住筷子，越近箸嘴，嫁人最是近親，反之便是遠方姻緣了。」

由於靠得近，鼻際聞到一陣又一陣的處子幽香，不覺心旌搖動。

忽聽外面爭吵之聲大作。

「我們要進去！」

「誰也不准入內！」

「我們偏要進去！」

「你們敢！」

「沒甚麼不敢的，除非你們放人！」

「甚麼放人？是你們自己送上門來的！」

接著便是一陣乒乒乓乓的打鬥聲。

溫柔聽了，半嗔半喜，豎眉呼道：「讓他們上來！」

白愁飛正欲發令阻止，忽覺胸口一陣發悶，四肢無力，真氣不繼，話到了喉頭，竟說不出來也傳不下去。

他此驚非同小可。

七十七　機位

由於命令是「留白軒」裡發出來的，也不聞白愁飛出言反對，攔阻張炭、蔡水擇、吳諒上樓的人，全都不敢造次。

只好由他們登樓。

一看溫柔和白愁飛點著燭光晚膳，張炭就光火，但也放了心：

「溫姑娘，走吧，這兒非久留之地。」

「你們吃了飯沒有？吃過飯才走吧。」

溫柔堅定的搖頭，睨著白愁飛，似笑非笑的說。

白愁飛幾度運氣，均覺腹痛如絞，表面不動聲息，但心中大爲驚駭：

——枉他縱橫一世，竟折在這樣一個女娃子的手上！

「我的姑奶奶！」張炭叫了起來，「還吃飯！王老三這回可擔心死了！」

「讓他擔心擔心我也好，」溫柔笑得酒渦像在美靨上佈下兩個小漩渦：「別以爲本姑娘是喚之則來，呼之則去，哪有這般好欺負的。」

白愁飛聽在心裡，可不是滋味，只說：「我可沒欺侮妳啊。」

「你沒欺侮我，所以，我不是留下來了麼？」溫柔向張炭等說，「你們先回去吧，我吃完了飯便下樓來。」

張炭、蔡水擇、吳諒各自相覷，只好唉聲嘆氣的說：

「好吧，姑奶奶，咱們等。」

說著就要坐下來。

「你們在這裡等!?」

溫柔似不可置信。

「你們吃你們的呀！」

「不在這兒等，到哪兒等去？」

「我們在這裡等，對妳最安全呀！」

「我哪會有事！」溫柔啐道，「你們這兒一個個全有事了還輪不到我吧！快，聽姑奶奶我的話，下樓等去。」

「妳要小心啊，姑奶奶，」蔡水擇仍苦口婆心的說，「這些酒菜裡，他可能下了毒。」

「下毒？」溫柔反問他：「他爲甚麼要對我下毒？」

蔡水擇爲之結舌，搔頭皮抓得雙肩鋪雪也沒答得出這一句偉大的問話來。

「就算不下毒，」張炭只好「支援」蔡水擇：畢竟本是同根生嘛，「也可能會下藥。」

「下藥？」溫柔很感興趣，「甚麼藥？」

「這……」張炭也在擠臉上的痘子，「例如……迷藥。」

「他對我下迷藥作甚？」

「作甚？」

張炭瞪大了眼睛。

「姑奶奶，妳不是連這都想像不出來吧？」吳諒詭笑道，「你奶奶的，這都做不到就不是男人，這都想不出來就不是女人……」

「啪！」話未說完，他臉上已吃了一記耳光。

溫柔摑的。

「你們心邪！」

「本姑娘向他下毒，易如反掌；他向本姑奶奶下藥？門都沒有！」

然後她下令：「快下樓去，我一會兒就下來一起走。」

他們只好不情不願、不甘心不痛快的，磨磨蹭蹭下樓去了。

祥哥兒和歐陽意意都覺得白愁飛可真有本領。

他們私下交換了看法：

「白樓主可真厲害，不僅武功高強，連對女人也真有一手。」

「對呀，他不必說話哩，讓那女娃子自行把人都笑趕出去了，這才高明！」

「也不知他用的是甚麼方法……」

「反正不管是甚麼辦法，女人嘛，只要你跟她們有一腳，她們就會死心塌地的跟著你……反正，別得罪女人，說不定她一夜之間就成了你的樓主夫人！」

「胡吹大氣，當年，你跟留香園、孔雀樓，瀟湘閣、如意館的大姐們不是多有七手八腳的嗎，也不見得有女人跟你死半顆心塌掉半爿地哪！可是同人不同命呀！」

「啐！去你的——」

當然沒人相信白愁飛真的中了毒。

◇◇◇

可惜白愁飛此際心中滋味可不是他們所揣想中那麼好受。

——沒想到，終年打雁的，今兒竟叫雁兒啄瞎了眼！

自己可真是「瞎了眼了」，竟忘了溫柔也是姓「溫」的。

——「老字號」溫家的溫！

——她老爹洛陽溫晚也正是「活字號」的主事高手之一。

不過，他還未完全絕望：

至少，溫柔剛才沒當真的當著蔡水擇等人面前把制住他的事道破，這樣看來，事情說不定還有周轉的餘地。

他只覺哭笑不得。

——原來，溫柔既送上門來，他蓄意利用這機會迷姦或強暴了她，但到頭來，這機會卻易了主、換了位，變成他一時大意，不防溫柔，反而給她下了藥，落在她手裡。

——「老字號」溫家的「藥」自然十分厲害，就憑他的內力，居然還迫不出來、壓不下去。

剛才手下上了「留白軒」，他也沒即時求救。

一是他幾乎作響不得。

二是溫柔就在側邊，要殺他輕而易舉：

——梁何正忙著佈署，沒一道上來，他不認爲歐陽意意和祥哥兒反應夠快，而他身邊也沒有蘇夢枕、王小石這等人物。

三是縱救得了他又如何？「老字號」的解藥只有溫家的人知曉，萬一鬧開了，救不了他，只變成笑話。

他還不知道溫柔迷倒他的用意。

他自度還可以「搏一搏」：

說不定，真如他所想的：溫柔對他不可能有甚麼惡意，他才會著了她下的藥——要是她不存敵意，那麼，這事就不一定不可以解決，總勝鬧開來給江湖上的人恥笑：堂堂「金風細雨樓」樓主連一個小女子都解決不了，還給收拾了！

這個面子不能丟！

——在武林中行走的人，頭可拋，血可流，面子不可以要丟就丟！

他是呼風喚雨京裡第一大幫派主事人，這口氣他輸不起！

七十八　機簧

溫柔在燭火氤氳氣氛中吃吃地笑，像極了一隻得意洋洋的小母雞。

「我威不威風？」她得意洋洋的問白愁飛。

「威風。」

「我厲不厲害？」

「厲害。」白愁飛沉住了氣。

「你有沒有不服氣？」

「沒有。」然後才說：「我對妳全無歹意，妳卻來暗算我。」

「我暗算你？」溫柔嗤地一笑，「是你們自己小覷了本姑娘的實力。」

這點白愁飛自是十分承認。

他更承認的是：美麗女子最殺人不見血的手段就是：溫柔。

女人的溫柔可使人不加設防。

——不施設防的高手與常人無異，只怕還更容易死於非命一些。

所以他只有苦笑。

「你也忘了我是『老字號』溫家的一員，」溫柔俏皮得眼皮、眼角、眼眉兒都是喜孜孜的，「我一嗅就知道，酒裡下了『脂胭淚』。他們、大家、所有人都不知道也忘了本姑娘天生有這個本領，可見你們有多忽略人啊！」

白愁飛抗聲道：「但我沒用這酒來灌妳啊。」

「所以本姑娘就用『離人醉』反下在你酒裡，給你一個教訓。」

白愁飛慘笑道：「現在，我可受到教訓了。妳卻是爲何要這樣做？」

「我是個女子。我要的是溫溫柔柔的一起開開心心，而不是辛辛苦苦的去轟轟烈烈做甚麼大事。轟烈是你們男人的事。」溫柔幽幽的道，「不管在金風細雨樓還是象鼻塔，我和朱小腰、何小河都是這麼想，也常這麼講的，只不過，你們老忙你們的事，沒把我們這些尤勝男兒的巾幗英雌，瞧在眼裡。」

「妳們高興那麼想，誰阻著你來著？」白愁飛更覺莫明其妙，「那也犯不著將我來毒倒呀！」

「我毒倒你，只是爲了要證明：本姑娘比你更行！」

「妳行妳行！」白愁飛嘿聲道，「妳行行好，解了我的毒吧！」

「你真氣不足，話也說不響，對吧？」

「妳是聽到的了，不必再多此一問吧！」

「那你的手不可以動嗎？」

「可以，但只運不上力。」

「那邊不是有酒嗎？」

「我這還喝酒!?」

「喝，你喝這一壺。」

「──這壺酒不是有『胭脂淚』的嗎？」

「正是。」

「妳甚麼意思？」

「告訴你，不害你，看你這個疑心鬼！」溫柔愉快的說，「『胭脂淚』的藥力正好可以剋制『離人醉』，你一喝下去，不到半刻便可恢復如常。」

「真的？」

「騙你作甚？」溫柔眼波流轉，俏巧的說，「知道本姑娘爲啥不爲難你的原因麼？」

白愁飛只覺肉在砧上，心裡盤算，口裡卻問：「爲甚麼？」

溫柔俏俏也悄悄的在白愁飛耳畔呵了口氣，說：「因爲你剛沒有真的把那些下了『胭脂淚』的酒給我喝，要不然……」

她的玉頰像兩個小籠飽子，而且還是染了桃色緋意的飽子：

「——如果你是那樣，我才不理你。」

然後她一擰身，抄起那壺酒，壺嘴對著白愁飛餵了幾口。

說也奇怪，白愁飛在這燭光晃漾的房中，只覺一陣暖意，彷彿源自心頭漸而湧散洋溢開來的一股溫馨，滲入了這一向孤獨的人住的孤獨的房間。

◇◇◇

這次，吳諒、張炭、蔡水擇只在白樓子底層等候。——由於剛才在「留白軒」白愁飛並未曾示意，是以歐陽意意、利小吉、祥哥兒、朱如是都不好將之驅逐，不過仍虎視眈眈的監視他們。

吳諒、蔡水擇、張炭三人也喁喁細語、商謀對策：

「看來，溫柔在上面似真的沒甚麼危險，咱們白走這一趟，白擔心這一場了。」吳諒比較樂觀。

「我看這就言之過早了，白愁飛這人反覆無常，溫柔要對付他，只怕未夠班輩呢！」張炭則比較悲觀。

「唉。」

蔡水擇卻只嘆了一聲。

張炭瞪了他一眼。

「怎麼了？」吳諒問，「有話就說嘛。」

「我看問題不在白愁飛。」

「那誰有問題？」吳諒不明白，「你？」

「不。」蔡水擇不安的搓絞著手指頭，道，「溫柔。」

張炭又橫了他一眼。

狠狠地。

◇◇◇

一物治一物：大象怕耗子，糯米治木蝨。

白愁飛著了迷藥，全身酥軟無力，好像一具機器，機簧未曾發動，便形同廢物。

但溫柔此際替他按下了機簧。

——他的「機簧」便是喝了「胭脂淚」。

「胭脂淚」的藥力正好可剋制「離人醉」。

白愁飛體力正在恢復。

他也感覺到自己正在復原中。

溫柔嬌俏的看著他，好像很滿意自己的一手造成似的。

白愁飛默默運功。

微微喘息。

他現在面臨幾個抉擇：

一，照計劃進行，飛得進來的鴿子不烤熟了吃進肚子裡，實在對不住自己。

二、放她一馬，保留個好情面，將來或有大用——就像他當日禮待雷媚，到有朝一日跟蘇夢枕實力相峙時，便佔了很大的便宜。而且，她對自己這麼好，自己不妨善待她，當作回報。

三，留住她，不讓她走，但享受她美妙身子、凊白之軀一事可暫緩，反正來日方長，斷了翅的鳳凰不怕牠飛得上枝頭。

白愁飛正在逼出體內剩餘的藥力，只覺陣寒陣熱，時冷時炙。

溫柔忽支頤桌上，哄近身子來，婉言道：「飛哥——」

這一聲呼喚，蕩氣迴腸，白愁飛只見溫柔溫柔款款、紅唇噏張、星眸半攏、美不勝收，心頭也真一盪不休。

「你可否答允我一件事——」

「甚麼事？妳說好了，能答應的我一定答應。」

——對公事上這麼輕柔的話，白愁飛還是第一次說。

溫柔喜上眉梢。

「不要傷害小石頭好不好？那些兄弟本都是一家子的人，你不要那麼狠心對付他們好不好呢？我知道小石頭這個人的，他決不會無辜傷害人的。你就不要對付小石頭好不好？」

白愁飛心頭冷了。

臉色冷了。

眼色更冷。

但卻笑了——至少，眉、臉、嘴都是一個完完整整的笑容。

「妳今回來——就爲了這事？」

溫柔喜不自勝的道：「是不是！我都說你們本就是兄弟，沒有解不了的仇的！

只要我一說，你就一定會答允我的了。」

「是嗎？」

她又哄過一張美臉來，呵氣若蘭的說：「你答應我啊？我要你親口答應一聲嘛。」

「答應妳，不難。妳先幫我一件事。」

「好啊，甚麼事，你說好了，沒有我解決不了的事。」

「你先替我殺了幾個人。」

「殺人？」溫柔的口張成了〇字，闔不攏，「誰？」

「蘇夢枕、王小石、還有妳師父、妳爹爹：他已潛入了京裡，可不是嗎？」

溫柔睜大了眼。

笑了。

「你真會開玩笑。還嚇了我一跳。要是爹真的來了，就糟糕了。」

溫柔拍拍胸口。

胸很小。

但秀氣。

很挺。

白愁飛只覺一陣燠熱：「胭脂淚」的藥力本就帶有相當強烈的淫性，雖中和了「離人淚」的麻醉性，但仍殘留了不少份量的催情藥力。

「對，我是開玩笑。」

他吁了一口氣。

因爲褲襠裡極熱！

勁熱！

也綳得極緊。

難受極了！

她也舒了一口氣。

笑了。

「我就知道你在開玩笑。」

兩人都笑了。

燭火微顫，滾出了一行蠟淚。

溫柔嬌喘不已。

白愁飛徐徐立起，微微咳嗽。

「怎麼了？」

溫柔關懷的問。

「沒事，最近常有點小恙。」

白愁飛微微捂住了胸，另一手撐在桌面上。

溫柔很擔心，花容失色，過去攙扶他，關切之情洋溢於臉。

「你知道嗎？」

「知道甚麼？」

「你越來越像了。」

「像甚麼？」

「像他啊。」

「他？」

「我師哥呀。」

「——蘇夢枕!?」

「你瘦了，越來越有權，而且冷酷，怎不像他？——但我知道你跟他是一樣的：外表冷傲，內心很善良呢！」

「是嗎？」

「不是嗎？」

「……是。」

「是」字一出口，白愁飛運指如風，已封住了溫柔身上的五處要穴。

稿於九二年九月廿六日至廿七日溫瑞安與「朋友」社員分別暢敘酣論於黃金屋、星馬印、總統餐廳。

校於九二年十月二日中國各路文友欲辦「溫瑞安武俠研討會」及成立「溫瑞安武俠研究會」。

第三篇　雷純的純

——她簡單純粹如一次閃電，一道驚雷。

「英烈的決心，來自似水的柔情。這世間一向都是做對了沒有人知道、做錯了沒有人忘記，本就是人們的鐵律。要制衡它，就揀大對大錯、大成大敗的做，人們反而分不清楚誰對誰錯。小是小非，謠言漫天飛；大是大非，反易指鹿為馬、黑白不分。」

——「六分半堂」中踏梅尋雪園雷純的說話。

第一章　大師、太師和太師父

七十九　機括

頭有多大？

這也說不準，因爲，有人的頭大一些，有的小一些，但大小之間的差距總不會太離譜。

也不見得頭大的人一定就很聰明，頭小的人就愚蠢。當然，也有頭大無腦的笨人，只不過，常用腦筋的人自然在比例上頭大一些，主要是因爲四肢不見得便會太發達之故；比較多作勞力的人，四肢當然發達些，相形之下，頭顱就較投閒置散了。

頭大也沒有用。最重要的還是腦。腦控制了一切思想和行動，只不過，人類迄今頂多只活用腦子功能裡的百分之五，其餘未加善用的，確如宇宙一般浩瀚、神秘、未可限量。

不過，今天，誰也沒王小石的頭大。

他今日幾乎是在他過去半生裡最頭大的一天！

也是京城裡最「頭大」的一人！

自從在「神侯府」裡聽得那大消息後，他一個頭足有三百個大！

◇◇◇◇◇◇

王小石之所以久久未返「象鼻塔」，以致一直仍未得悉溫柔竟赴「金風細雨樓」的事，乃是因為他正執意在「神侯府」等消息。

——消息終於有了。

「三劍童」及新拜無情門下的「一刀僮」終於回來了。

無情神情頹喪，精神萎頓，宛似打了一大場仗（而且還肯定不是勝仗）回來。

王小石從來沒見過這殘廢的人這麼沮喪過。

可是無情一開口就安慰王小石。

「你不要擔心，沒甚麼大不了的事，只不過……」

王小石的心立即往下沉。

因爲他年紀雖輕，卻飽歷人情世故，他深知道一個人之所以能安慰別人，首決條件他的情況要比那人好些，才安慰「得起」。

——也就是說，無情雖遭逢不少的問題，可是，他自己要面對的問題，肯定更大，更加艱鉅！

所以他單刀直入就說：

「唐寶牛和方恨少到底惹上甚麼事了？」

無情知瞞不住明眼人，也開門見山便說：

「他們闖入『八爺莊』。」

王小石吃了一驚：「他們暗殺龍八!?」

無情嘆了一口氣：「是龍八就好辦了。」

「不是龍八？」

「不只是龍八，今晚『八爺莊』裡，連童貫、王黼也在那兒。」

「這般大陣仗，只怕米蒼穹也會在那兒壓陣了。」

無情居然點頭：「他真的就在那兒。」

「甚麼!?」王小石跺足道，「他們真的敢狙殺米有橋!?」

無情又嘆了一聲。

這回的嘆息更長。

「他只是米公公，那還不十分難辦。」

「甚麼——!?」王小石目瞪口呆：「難道——他們——竟然——」

無情點點頭。

這回，連追命鐵手冷血，都得同時嘆了一口氣。

「這……」王小石嗟愕莫已：「難道、他們、竟敢——」

◇◇◇

這世界上本來就沒有甚麼他們不敢的事。

——很多人都說他們無悔、無畏、無愧，以爲是勇敢精進、大丈夫的氣慨，其實不然。其實一個人甚麼都不怕，一點都不知慚愧，做錯了事也不懂自省後悔，那只是非常恬不知恥、不負責任、不敢面對現實的人。

這種人，本就跟大勇沒甚麼關係。

很多人以爲俠的精神就是：知其不可爲而爲之，其實這一點也沒有了不起，明知其不可爲而爲，寇賊採花盜都優而爲之，以武犯禁，誰還不會?——不過，如其不可爲而義所當爲者爲之，那就不容易了。

——那就是說，雖然知道不能做，但爲了義氣道理，不得不做，不怕任何犧牲也非做不可，這才難得。

如果是不仁不義的事，反而要不爲——人先能不爲，而後方可以有爲。有勇氣拒絕去做一些害人利己的事，才能真正做出偉大的事業。這才是真正的俠義精神。

——那麼這一趟唐寶牛和方恨少做的是甚麼事呢？

他們做了甚麼？

老實說，他們自己也不大知道。

也許，他們真的知道他們在做甚麼，也就不敢做了。

◇◇◇

唐寶牛和方恨少打倒了萬里望和陳皮後，氣勢正壯。

方恨少問唐寶牛：「你想不想做大事？」

唐寶牛回答乾脆：「想。可是光想沒有用。」

「想就去做呀，做了就有用了。『不聞不若聞之，聞之不若見之，見之不若知之，知之不若行之』——」

「你說甚麼？」

「這是荀子的話，你居然沒聽過？」

「荀子是誰？他賣竹荀的吧？說那麼深奧的話，真是有傷陰騭！」

「荀子你都不懂！他與孟子齊名，曾在齊國三度出任祭酒，對『六經』的修訂建有大功……」

「六經？我們做大事，你來談佛經？還是發神經？」

「唉呀，現在我終於明白了。」

「明白甚麼來著？」

「三代不讀書，不如一窩豬。」

「你罵人？」

「我罵蠢人。」

「你別以為我不會聽！那個損人的傢伙是說：光知沒有用，還得要行，最好知行合一！」

「……原來你聽得懂……嘿嘿，人不可貌相也！」

「說了一大堆雜七雜八的，爲啥不乾乾脆脆的就說：實行比知道更重要!?乾淨俐落，不必一大堆豬狗羊貓，甚麼老子孔子孟子荀子手指腳趾還魂紙的！」

「好，跟你這草包，只好不掉書包，直話直說，說給直娘賊聽了！」

「好哇，你這可是罵人了！」

「別動氣嘛，咱們應該聯合起來，做點大事給沒瞧得起咱們的四大傻捕和小石頭瞧瞧才是正事！」

「怎麼做？他們又沒邀我們一起去幹？」

「他們不要咱們一道，咱們就啥事也不能做？大隻牛，不，唐巨俠，那你也太看扁自己了吧？」

「我怕？海瓜子變山那麼大我也不怕！猛虎不在當道臥，困龍也有上天時！想當初小石頭沒回得京城來，誰也沒爲他說好話，就我唐巨俠逢遇著人罵他，就跟誰擂，死一場就當交個知心友，嘿，嘿，他幹啥些大事要事，卻也不把我唐大巨俠預算在內！」

「誰不是那樣！他還是通緝要犯、黑頭黑臉的時候，人家貶他一句，本公子不是三五個嘴巴子賞他？所以咱們乃英雄行險道，富貴似花枝；要得驚人藝，須下苦工夫；打得老虎死，大家有肉吃……」

「喂，你到底又要甚麼啊？」

「……一句話：咱們去做大事！」

「甚麼大事？」

「咱們先行幹掉一個重要人物，讓他們吃驚吃驚。」

「幹掉人？有誰那麼深仇大恨呀？」

「嘿嘿……龍八。」

「龍八？他倒是不做好事，狐假虎威，該殺。」

「——殺倒未必。他好歹也是個朝廷命官；殺了麻煩，揍一頓可洩心頭之憤。」

「好啊！」

「那就走呀！」

「——不行！」

「又怎麼了？」

「怎麼找龍八？他這個人仇家多，狡似狐，老是東躲西匿，找他可不易。」

「到他家裡去啊——有家當官的人還有不好找的！」

「一路殺進屋裡？只怕傷人多，獨是他一早聞風蹓了。」

這回倒是唐寶牛比較審慎。

「這倒不勞你拳頭打十個八個狗腿鷹爪，我包準有辦法自出自入，靠近他眼邊，再一拳把他鼻子打成一截鼻涕如何？」

「直出直入？八爺莊可難不倒我唐少大巨俠，但他身邊混飯吃的傢伙倒有幾個算是充得上陣仗的。」

「你少擔心。他那狗窩狐窟就當是大埋伏，但機關縱控在咱們手上。有鑰匙還怕開關不了機括？你毋憂啦！」

「機括？」

「告訴你。」方恨少洋洋得意的自衣襟內掏出了兩面金牌：「我在剛才那兩個狗不下蛋的傢伙身上，搜到了這兩面出入八爺莊無阻的通行令！」

◇◇◇

這是對的。

——機括的開關在他們手裡，既能通行無阻，就如入無人之境，還怕甚麼？

這是錯的。

——機括雖然控制在他們手上，但機關一旦發動，他們身在其中，誰還把得住開關？連機關都應付不來的時候，誰敢有暇理會齒輪、螺絲、機括的？

況且，人生裡的得失，有時殊爲難說。

方恨少湊巧盜得了這兩面令牌，所以真的做成了一件大事——轟動京城的大事！

不過，若是他們一早已計較過這件事的後果與影響，他們對這兩面令牌，仍視若至寶，還是畏如蛇蠍？

八十　機巧

「八爺莊」防守森嚴，而且還在當晚防守得特別森嚴，自不是有了令牌，就要進便進、要出就出的。

如果要硬打進去，他們又覺費事，主要是因爲：

一，他們要打的是龍八太爺，也就是蔡京手上一大紅人，亦是橫跨武林、朝野的一大無恥之徒，可不是打他的嘍囉小卒。

二，如果從外面打起，就算打得進去，龍八也一定望風而逃之夭夭，打草驚蛇，反而趕出一群蚊子！

三，他們自恃身份，才不願跟龍八的手下廝纏——要打，就打頭頭；打頭頭，才算件大事！

既要不動聲色的進入「八爺莊」，但又通不過重重防衛，那該如何是好呢？

「沒問題，」方恨少眉梢、眼梢、嘴梢、鼻梢，全浮現了洋洋得意，「幸好你遇著了我。」

於是他們開始易容打扮，喬裝成一個老媽子、一個小宮女：

小宮女當然是方恨少。

老媽子理所當然就是唐寶牛。

◇◇◇

今晚「八爺莊」也真畸怪，非但有很多大內侍衛、禁軍高手、武林好手巡弋著，還有不少太監、宮女，來來往往，看樣子都也有兩下子。

方恨少眼尖，找了個司膳的老媽子和服侍王侯的小宮女，點倒了之後，在街角陰影後依樣畫葫蘆，把自己改頭換臉了，又跟唐寶牛裝扮。

扮了老半天，方恨少說：「得了。」

唐寶牛乍見方恨少，嘩，眉帶春意目帶笑，含苞花嫩嬌，真比真的女子還美！不禁搖頭嘆道：「看來，你還是去當女人省事，難怪平時都文謅謅、娘娘腔的。」

方恨少居然還掩著紅唇兒羞笑：「好說好說，哪及你這般雄武過人。」

這句話，唐寶牛聽得頗爲合意。

方恨少雖然叫他穿上一大堆累贅的衣服，又在他臉上塗塗揩揩的，但他還是相當信任方恨少的化裝之法，主要是因為：

——方恨少本是「金字招牌」方家的小弟。

——「金漆（字）招牌」方家本來就有「三大絕活」：點穴手法、氣功、以及易容術。

方氏一族的「易容術」已幾可媲美並且漸將取代以易容起家的「慕容世家」了。

方恨少雖然不像話，氣功沒下苦功學好，點穴手法只馬馬虎虎，易容術也不是方家子弟中最出類拔萃的（倒是他在輕功上的修為，是方家任何高手都難以企及的；他是方家的人，但擅長的卻是「太平門」梁氏的輕身功夫；一如梁阿牛是「太平門」的人，但精通的卻是「金漆招牌」方氏一門的氣功內力），但要應付這種「小場面」，已綽綽有餘了。

他們裝扮成老媽子和小宮女，跟著大隊，實行魚目混珠的混了進去。

其實，「八爺莊」防守森嚴，饒是如此，要混進去也還真不容易。

可是唐寶牛和方恨少都僥倖能做到了。

主要是因為一個理由：

機巧。

人生裡，有許多事，只要適逢「機巧」——機緣巧合——那就天大的困難，也比較易辦到；若是沒有，就算是輕易的事，也有天大的困難。

唐寶牛和方恨少能夠混得過去，有很多奇遇、良機、湊巧、際會，譬如裡頭正趕忙著籌點膳食，於是就急召老媽子等過去幫手，唐寶牛因而過了關；一個侍衛統領負責細查進入莊裡的人，卻因爲垂涎方恨少的美色，忙著毛手毛腳，給他過了骨；另一名把守的太監頭領，本要盤查唐寶牛，卻一見了他就嘔吐不止，唐寶牛自己也莫名其妙；還有一次明明已有一名宮女高手有點懷疑起方恨少的身份來，卻恰其時有人呼喊：

「太師父要耍毬哪，還不去張羅！」

這宮女一聽，不及再細察研判，就匆匆入內打點了。

唐寶牛與方恨少一半幸運一半機巧、七成天意三成人爲的，終於潛入了八爺莊的後園去。

這兒有三件事是必須要瞭解的：

一，唐寶牛和方恨少終於能突破重重戍守，進入「八爺莊」的「後園」，固然是十分幸運，每遇障礙都能化險爲夷，但其中的確困難重重，步步驚心，其間也有不少趣事、險境，可是由於這不是關鍵，也不是重點，所以都略過不提。

二，正是因爲防守森嚴，簡直三步一哨，六步一崗，這固然使方恨少、唐寶牛二人覺得另有蹊蹺，故而越發要深入虎穴，探箇究竟。人遇險阻多有三種反應：一是懼而退，二是疑而慮，三是奮而進——方、唐二俠顯然就是第三類人。

三，他們最後進入的是「八爺莊」的「後園」，不是「後院」。「八爺莊」很大，奇花異石，珍禽靈物，都集中在左邊「後園」，而囚禁要犯政敵的所在，都處於右邊的「後院」，囚人的地方，叫「深記洞窟」，這一天，曾遭王小石等人闖入過；左邊的「後園」，叫做「尋夢園」。

他們就掉進了這「尋夢園」。

「尋夢園」是甚麼地方？

——尋夢園就是一個供你尋找夢的地方。

每個人心中都有他自己的「尋夢園」，每個人都有他們「不同形式」的「尋夢園」：只不過，這偌大的花園，幾乎所有的名花，都在這兒含蕊盛放；幾乎所有的奇石，都在這兒成了或坐或臥的擺設，幾乎所有罕見的馴獸，都在這兒穿梭嬉逐；還有這麼遼闊如茵的草坪，畔著潺潺流水，卻是誰人尋夢的地方？

——龍八？

那個俗人有這般雅興麼？

——童貫？

這位大將軍對強佔民女的欲望遠大於看花看石看流水。

——王黼？

他當然比較喜歡看真金白銀，還有翡翠寶玉。

那麼，真正在「八爺莊」裡建立那麼一種奇麗雅緻的「尋夢園」，卻是供誰人閒逛暇賞呢？

你說呢？

——沒甚麼好說的。

對唐寶牛和方恨少來說，越是防守森嚴，越是困難重重，他們越要去探個究竟。

待到了園子裡，鬧哄哄的，下午陽光熙和，黃暈暈的，迎面一照，照得兩人也有些暈頭脹腦的，只見園子內怕有二、三百人，女的宮娥打扮，燕瘦環肥，玉珮金釵，美不勝收；男的有些是太監裝扮，油頭粉臉，但舉止有度；有的是禁軍戎服，虎背熊腰，精猛悍勇，卻都林立兩旁，氣勢懾人。

方恨少和唐寶牛兩人對望了一眼，心忖：

——這是甚麼陣仗!?

兩人愈是好奇，愈不退縮，相偕往前走去，隱約可見草坪上，有七、八人，在追逐一顆籐毬，看誰能將之踢入籠中，便算得勝。

唐寶牛不禁問：「……追一粒毬，用得著這般勞師動眾麼？」

方恨少忙「及時教誨」：「……嘿，這你就有所不知了，人生在世，哪個不是在場中你追我逐一粒毬兒而已！」

唐寶牛苦著臉道：「……可是……幾百人整千人看幾個人追一個毬，太無聊了吧？」

他說這句話的時候，當然不知道，在千百年之後，居然還有幾萬人乃至幾億甚至幾十億人在同時廢寢忘食的看幾個人追一粒球的事。

「……是有點不妥……」方恨少苦思不解，只好說：「咱走近去瞧仔細點。」

可是，他們幾乎是立即地給人截住了。

◇◇◇◇◇◇

截住他們的人，是有男有女的幾個人。

這幾個人，樣子都完全不一樣，有老有少、有醜有美，服飾打扮也跟一般內監、侍衛不一樣，但卻仍有一個共同之處：

——刀。

他們身上都有刀。

他們身上帶著的刀，有的是藏著的，有的直如一把廢鐵，銹蝕斑駁；有的手裡拏著，只是一把小而伶仃的刀。

單憑這一點，他們跟在場的人，已十分與眾不同。

——因爲其他的人：不管太監或侍衛，身上手上，都沒有兵器。

一把兵器都不帶。

獨這七、八人可以攜帶兵器。

看他們的樣子，似有意要截停方恨少和唐寶牛查問。

方、唐二人，一時也不知如何應付。

就在這時，卻正好有人走來。

這兩人，一個亂髯滿臉，直比唐寶牛（當然不是扮成女裝的時候）還高大豪壯；另一人瞇著眼笑，像一座佛，眉毛卻是開了岔的掃帚一樣，尾部火燒似的叉了開來，說話舉止，卻斯文溫和。

他們兩人正自草坪的嬉戲中走回來，略有些喘氣，似正擬要略作歇息，一見方、唐二人，那文官就隨口吩咐了句：「太師父淌了些汗，快把潤喉生津的準備停當，隨時奉用。」

唐寶牛聽得眏了眏眼，方恨少馬上就嬌聲嬌氣的答：「——是——」

那武官瞧了他一眼，踏步擦身之際，居然還用手指在方恨少臀部捏了捏。

方恨少幾乎沒彈跳了起來。

只聽兩人嘻哈笑著：

「這兔爺兒怎麼生面得很，好像沒見過？」

「宮裡的美人比池裡的魚還多，哪看得完！童將軍只要喜歡，那還不簡單！」

「……也真鮮嫩的，還彈手的呢——叱，王大人，千萬得留神不要是萬歲爺的三宮六院才好……」

「省得了。就算是，太師父忙著玩毬兒，哪有時間玩囡兒哪！她哪還飛得上天……」

兩人就這般古古怪怪的笑著過去。

方恨少聽得毛躁，正要回頭追打那高大將軍。

——他沒想到在這高貴氣派的場合，入耳的竟遠比市井黑道更淫褻猥瑣。

這回卻是唐寶牛一把拏住了他。

——原來，就因這兩人跟他們說了這幾句，那幾個執刀藏刀的人就馬上訕訕然退了回去。

這正是走向場邊的最好時機。

◇◇◇

這時候，卻有一人發現了他們兩人，正向場中迫近。

這人橫針似的眼忽然閃出兩道寒光。

但他沒有聲張。

他已捏著亮白色倒捲的鬚稍，盯著兩人的一舉一動，忽然想起他喜歡嚼的花生米。

八十一　機器

最好的時機往往也是最壞的時機。

——或者說，自己最好的時機，通常也是敵人最壞的時機。

方恨少和唐寶牛既見如此「大陣仗」，就愈發想見識一下場中追毬踢毬的，到底是甚麼「大人物」？

自從那「童將軍」和「王大人」跟他們兩人調笑了幾句之後，就不再有人敢上來盤問或監視他們了。

他們正好疊心欽神的，要凝目好好看看場內狎玩是些甚麼人。

突然間，卻聽一聲吆喝——

數百人一起叱起——

——喏……

宛若平地一聲旱雷乍起，齊聲斷喝，使唐寶牛心神一裂，方恨少手心一涼，都一陣惚恍，才省卻：

場中有個黃衣人踢入得一粒毬，得了一分，大夥兒立即吶喊助威！

——這是甚麼人，竟如此排場？

唐、方二人凝定心神，瞀目望去，卻是並不認得。

◇◇◇

這黃衫漢子十分瘦削，腹無四兩肉，弱不禁風的樣子，肩脖子看去份外狹窄，但卻玩得十分興起，額鬢盡汗，哮息不已，不時有臉白無鬚的人上前為他拭汗，之後又速速退下蹲伏候命，怕只要在舉止間一有失措，即有滅族抄家之罪似的。

黃衫漢子每踢進一毬，在場者必轟然叫好，為他示威助陣。

然而，只要唐寶牛和方恨少多望幾眼，便已看出：全場的人，雖然都看似竭力在追逐那粒毬，但每到要害關頭，都把踢球的機會盡力的讓與這個人。

——好不公平！

唐寶牛一看就光火。

方恨少也憋了一肚子的氣。

他們平生最憎惡的就是不公平的事，遇上不公道的事，他們總要去插一插手管一管。

近在眼前，顯然就是一件很不公平的事，一個很不公道的人。

他們看了就很想教訓教訓這人。

可是，當另一個人映入眼簾時，已使他們一時全忘了這個人和這件事。

那「另一個人」氣質高貴，五綹長髯，氣宇軒昂，看來也必是下場耍毬的領隊，他正率眾與黃衫漢（應該是捋起黃衫襬裙玩球的瘦子）對壘搶毬——但誰都看得出來：他特別「賣力」的「禮讓」那黃衫客，甚至可以說，他正在千方百計的製造機會，讓那黃衫客可以取勝。

是以，相媲之下，別的人都成了「機器」：只有那黃衫客才是一個真正的「人」，其他的人都爲他所操縱，爲他而活；而替他「操縱」全局的人，顯然就是那氣質高貴五綹長髯的人。

——全面只有他們兩人是在真正的、盡興的玩！

可是，當方恨少、唐寶牛一旦看見那五綹髯氣質高貴的傢伙後，他們的表現可再也高貴不起來了！

兩人立即迅疾的互看了一眼。

然後交換了一句話：

「打！」

打！

非打不可！

——爲甚麼？

因爲他們認得那個「氣質高雅」的人。

他們見過他。

四年前，就在「愁石齋」前：這人帶同「八大刀王」，前來威迫王小石就範，答允替他去刺殺諸葛先生。

那人他們見過。

他們記得那人。

——化了灰也忘不了。

——還巴不得將之挫骨揚灰。

那人當然就是：

「蔡京！」唐寶牛虎吼了一聲：「我打死你！我打死你！」

他發出了一聲虎吼，然後就比豹子還猛悍的撲了過去。

這一剎間，人人都驚住。

呆住了。

楞住了。

——誰也想不到，會在這兒，撲出了那麼一個人，對蔡京發動狙襲。

此時，唐寶牛還是以女身裝扮，他一旦跑動起來之際，山搖地動，把全部人一時都懾住了，也許是落日太暈太黃之故，場中的人都未及反應。

有反應的人全部在驚叫、怒叱、吆喝：

「——快保駕！」

——保駕!?

——保甚麼駕？誰有那麼大的架子？

這電光火石之間，唐寶牛已一把揪住了蔡京，蔡京回身便逃，唐寶牛卻扯住了他的衣服，「嘶」的一聲，撕開了一大片。

蔡京來個「金蟬脫殼」，回頭就跑。

唐寶牛已追上癮，拚出了勁，這時，已有兩三人迅疾掩撲過來，他也不管，虎吼連聲，著了幾下重擊，但把來襲的人都震倒、衝倒、撞倒，他仍是一個虎撲，攫住了蔡京。

「叭」地兩人扭跌在地上，唐寶牛心頭忭忭，振奮不已：「哈！終於還是教我把你給抓住了——」他心中卻想：待會回到「象鼻塔」，可威風了！

沒料腰間一疼，蔡京已用雙指刺入他左腕肋中，他幸練過「鐵布衫」，硬熬一下，也覺痛入心脾，盛怒之餘，再不理會他個甚麼宰相丞相忠相奸相看相的，一拳揮了過去。

「碰」的一聲，這一拳把蔡京砸個鼻血長流。

原本，以蔡京實力，大有還擊的餘地，但唐寶牛委實聲勢過人，先聲奪人，蔡京一時慌了手腳，而唐寶牛又以「大石壓死蟹」的氣勢強行把他按住不放，他已嚇得慌了手腳；平時他對人頤指氣使，縱是百萬雄兵，也得聽他一人調度，而今一旦給人揼住，掙扎不得，慌惶之中，也忘了自己身份，只一面死力掙扎一面大叫救命。

唐寶牛可不管這個。

他一拳打去。

「碰」，著了。

他覺不夠。

又一拳揮去。

「蓬」，中了。

——還是不夠。

再踢一腳。

蔡京痛踣於地。

他覺得餘怒未消，過癮得緊，索性把他壓住，窩在地上，塞他吃坭！

同一時間，方恨少本來要掩護唐寶牛：他跟唐寶牛都心同此志，決定不管如何，都得要好好教訓這禍國殃民的奸相一番。

沒料，只見人影亂閃，大家忙著匡護那黃衫客，匆急退去。

方恨少本就對那黃衫人反感，而今一見，大家盡是維護此人，心忖：此人竟比蔡京還重要，莫非是蔡京長輩不是？他見唐寶牛已扭倒蔡京，心念一動：這渾小子已擂倒了當今權相蔡老京，回到「發夢二黨」那兒，還不給他吹上了天！自己若不撴倒一個更重大的角色，日後豈不是要盡受這頭牛的鄙薄！？

故而他不理一切，縱身而上。

那干高手正保住黃衫客而退。

黃衫客已給嚇得臉無人色，急喘不已。

偏是方恨少輕功過人，猶如白駒過隙，一下子而突破了三、四道阻撓，貼近那人，幾乎是顏面相迫，方恨少用摺扇卜地一敲他瘦骨伶仃的鼻子道：

「豬狗不如的東西，看本公子把你打得叫爹喊娘的！」

他可不止說。

還真的做。

他一把勾跌了他。

那人喘喊：「你……你……你敢……」

方恨少摺扇急揮，已架開兩人攻勢，湊身摑了那人一巴掌，好清脆的一記耳光。

那人竟撫臉哭了起來。

方恨少怔了怔，罵道：「大丈夫哭甚麼！」又踹了他一腳。

那人居然嚇得連褲襠都濕了，方恨少沒料他那麼膿包，倒不好意思再打了，只吐了一口唾液，罵他：「男子漢，流血不流淚，你真是連個屁都不如！」

那人卻顫聲哭道：「朕……朕不是大丈夫……男子漢……我是……九……五……之……尊……」

八十二　機遇

世上有不同的人，便有不同的機遇。

有的人的機遇也許是拾到一錠銀子，有的只踩著了一堆大便，有的是艷遇，有的是遇上了第一大幫的頭子，有的卻是遇上了皇帝！

別人不知道，至少，而今方恨少就是這樣子！

◇◇◇

方恨少做了一輩子的夢。他夢見過有一個（多於一個他也無拘！）美麗而又了解他愛惜他而又十分崇拜他的才學之紅粉知音，要對他以身相許；他夢過自己中了狀元，衣錦還鄉（他還想到自己回到「金字招牌」方家，得意洋洋的說：「唏，是不是，你們說我不學無術、半途而廢，而今我已金榜題名、吐氣揚眉，你們都看走了眼！」）；亦曾夢到過自己一口氣救了沈虎禪老大十三次命，功德圓滿（主要是因爲：事實上，「七大寇」的老大沈虎禪曾救過他十二次的命）；他也曾夢見過自己練成了絕世武功，不止是這一套「白駒過隙」的輕功能獨霸江湖；他更夢見過自己終於得到師父方試妝的嘉許，准許他服侍她終老，不使自己人在江湖，她卻獨守深山，各自飄零孤苦無依……。

總之，甚麼夢都有，他就是沒夢到錢——因爲他根本就不重視錢財。

他也從未夢到過當官——中狀元不是當官，這是對他「滿腹才學，懷才不遇」的一種認可——更甭說夢見甚麼巴那個媽子的皇帝老哥了！

可是，他今兒居然見著了皇帝！

而且，給他騎著追打的「傢伙」居然號稱自己就是那位一國之君、九五之尊——天子！

◇◇◇

——天子？我呸！他配！？

方恨少一時還不相信，還賞了他一記耳刮子：

「甚麼九五之尊……九五之尊是天子……你這樣子配稱天子——王八羔子倒有幾分像！」

就在這時，那數百人幾乎一齊向他衝來，人聲紛雜、呼號連聲、宛似天劫末日、眼前便臨一般。

「快救萬歲爺！」

「大膽刁民，竟敢行弒皇上！」

方恨少傻了眼，忘了退、忘了避，只及時問了一句：

「你——真的是皇上？」

那人哭喪著臉、扁著嘴、委委曲曲的點了點頭，還結結巴巴的說：「……對不起，壯士，朕知道朕長相不……大那個……像……但朕是……是一個好皇帝咧。」

大家衝近，卻還是不敢妄動——因方恨少就一屁股騎在那原先給稱著「太師父」的人身上，大家「投鼠忌器」，不敢妄動，怕傷了這人。

方恨少聽了之後，眼眨了眨，艱澀的說：

來：

「……你說……你是……萬歲爺……！？」

那瘦似竹竿輕似綿的人又點了點頭，方恨少終於忍不住，仰天哈哈大笑了起來：

「萬歲？萬歲！萬萬歲——哈哈哈哈……今天竟叫我方才子……」

他一笑，就分神。

他還未笑完，至少，有一個眉鬚像往其鼻樑燒去的老太監從他手中（胯下）搶救了那黃衫客，另有八個人已狠命出手，向他身上狠狠招呼！

卻聽有人沉聲喝道：

「——要留活口！」

那些發動攻襲的人，武功都很高，刀法也快的快、狠的狠、絕的絕、奇的奇、怪的怪、詭的詭、妙的妙、險的險，方恨少一方面驚詫過度，無心接招，另方面也真的避不了這八把刀的聯手一擊，要不是這人以雙手八指（他斷了兩隻手指）一一化解，他還真的絕對接不下來！

那替他化解的人也一把制住了他身上九處要穴！

只聽那八個使刀的人都說：

「大師，你幹嘛護著他！？」

「這人殺君犯上，大逆不道，大師，你還不立殺此人逆!?」

只聽這名頭陀不慌不忙的說：「阿彌陀佛，他膽敢行弒皇上，必有圖謀，幕後定有人指使，要留著活口，以便審查清楚，追究到底，一網打盡，除惡務盡。」

然後便慌慌忙忙的跪在地上，大家一見他跪，也忙跪倒，只聽頭陀向那狼狽已極的黃衫人叩首恭聲道：

「小人等救駕來遲，累皇上受驚，真是罪該萬死，請皇上降罪！」

方恨少這時已週身穴道受制，絲毫動彈不得，但眼裡亮暈暈的一片茫茫，夕陽西沉得也慌慌惶惶，但方恨少還在傻笑，因爲他只知道，他剛才打著、唾著、騎著的人，居然就是：

——天子！

天！

（我打他就像打兔子！）

◇◇◇

那邊廂的唐寶牛，一口氣打踢了蔡京幾下，正得意洋洋，回首卻見方恨少也騎住了一個，他這才想諷嘲幾句：

「我打的是當今太師，你打的是甚麼臭狗屁？」

話未開口，卻見方恨少已給人擒住，一眾人竟向那黃衫人叩呼：「萬歲」。

——萬歲!?

總不成那人姓「萬」名「歲」！

這時候，人影一閃，兩人已到眼前。

一個像影子一般的人。

他背後有一個長長的包袱。

他一接近唐寶牛，唐寶牛幾乎就馬上聞到一種味道：

——「死」的味道！

這人也沒怎麼動，只倏然而至，氣勢已把唐寶牛唬得往後退了半步，失聲道：

「……天下第七!?」

這半步一退，那人已把蔡京奪了過來，唐寶牛正要動手，眼前一花，一個白鬍子、瞇著斜眼、笑容似大海的老太監，已隔開了「天下第七」和唐寶牛。

唐寶牛一拳就揮了過去。

太監也沒閃躲。

不躲。

唐寶牛明明擊中了那太監。

卻是一拳擊空。

——好像這老太監是透明的物體。

老太監轉首向蔡京說：「太師，你要怎麼處置？」

他的臉向著蔡京，「天下第七」卻護在蔡京身前，這太監大約有七十多歲了，但他人雖在分心說話，左手卻已拏住了唐寶牛二手兩足。

——是拏住了，就像抓甚麼蜘蛛、螃蟹還是小貓小蟲似的，他竟用一隻手，把唐寶牛的左腕、右腕、左踝、右踝一齊拿住，扯到身後，他像在市場上的籠子裡拎起雞雞鴨鴨的翅膀一般的揪了起來，毫不費力。

——而且還是這偌大的一個唐寶牛！

而唐寶牛也真的絲毫掙扎不得！

卻聽蔡京居然能在這受辱受驚的情形下迅速回答：

「米公公，有勞了，不過，不要殺他，留活口！」

「是，」米公公米蒼穹恭聲應道：「遵命，太師。」

◇◇◇

打了「太師父」皇帝趙佶和「太師」宰相蔡京的方恨少與唐寶牛，已一齊「落網」了。

場中大亂。
但秩序井然。

八十三 機要

上述兩種情形看似矛盾，其實並不。
因爲唐寶牛、方恨少這一出場，既打了皇帝也辱了宰相，自然全場大亂，人皆惶恐，怕天子盛怒降罪下來，只怕全部人都擔上個「護駕不力」，輕則降罪，重則難保不誅連抄斬，自是人心惶然。
但今兒在「八爺莊」裡「侍候」的，都是大內的好手，宮中的高手，一旦遇上這種亂子，也能很快地擒住了「刺客」，穩住了場面，把皇上和太師全護送到了「八爺莊」裡守衛最森嚴的「別野別墅」去定驚。

俟趙佶心神稍定，敷藥治療之後，一干人等才紛紛如喪家之犬，在院前跪求請罪不已；然而趙佶最忿忿的是：始終傳不來樹大夫爲他治理；要是他在，最多是把一把脈，吃一粒藥丸，喝一劑補藥，傷處就不疼，心也不會跳得想自口腔裡逃出來一般。

——他因而下令務要找出樹大夫的下落來：生死都得有個交代！

他還下了聖旨：要是樹大夫給人殺了，他要把殺樹大夫的人斬首處死！

他這樣做當然不是爲了要替樹大夫報復（要是爲了這個，他一早就該下旨找出真兇了）而是要替自己洩忿。

這些跪求恕罪的人，最誠惶誠恐、最驚心動魄的，當然就是龍八和八大刀王。

——這逆上弒君的事情，發生在「八爺莊」，龍八自然責無旁貸，嚇得尿滾屎流！

這事可以說是龍八自己「惹禍上身」！

本來，皇帝趙佶無心朝政，只愛嬉樂，常與宰相蔡京共遊同樂、胡混耍戲。趙佶對蔡京的信重，可以到了不惜紆尊降貴，跑到蔡京家裡去玩樂，留連忘返。不過話說回來，蔡京也一因財雄勢大，「相府」裡有的是好玩的事物；二是蔡京故意吸引皇帝多來他家走動，這樣一來，他就更加威風了：皇帝也來我家，天下萬民，誰敢惹他！？

趙佶跟蔡京一向臭味相投，狎私忘公，但曾爲平眾怒民怨，曾一度貶擷蔡京相權，以他人替代；雖則，縱由其他人走馬上任，也是由蔡京幕後操縱，不過，蔡京也知進退，故意自求去官，卻另製造民意，說非要他重掌相位，才可外蕩邊寇、內平亂賊。趙佶不旋踵又重新重用此人。

蔡京被貶時，曾賜「太師」之位，由於這是個清雅有識的官位，蔡京也樂得別人如此稱呼他。

趙佶除了當皇帝不稱職之外，倒是趣味奇多，而且癮頭奇大，從琴棋書畫，乃至蒔花奇石，他都滿有興趣，有意蒐集，這一來，可苦了老百姓，給辦花石官僚藉旨行兇，暴斂強徵，慘不堪言。

趙佶又喜耍戲踢毬。他書法寫得精奇，毬藝也不錯，蔡京趁機大拍馬屁，上奏歌頌，說當今天子、文才武功，無一不冠絕天下，領袖群倫……蔡京一說，附和者眾，馬屁四拍，聽多了，趙佶當然也自以爲是，信以爲真，洋洋自得，陶陶自樂。

趙佶一有時間，就往相府裡跑，蔡京家裡縱有玩不完的好玩事物，這貪新棄舊的皇帝很快的也就厭倦了。龍八太爺本是蔡京親信，藉此建議，不如安排天子也駕臨「尋夢園」尋樂如何？

蔡京一力支持龍八建立「八爺莊」、「深記洞窟」與「尋夢園」。他是一個老奸巨猾、深諳鬥爭之術的政客，當然懂得如何適當的分散自己的政治和財寶資源，以便他日一旦「有事」時即可充分利用。

他貲資龍八起「八爺莊」，暗裡以此爲據，糾合武林勢力，同時，也使龍八對他感恩忠心。他起「深記洞窟」，藉此羈禁政敵；又出資大興土木，造了個「尋夢園」——萬一他日「相爺府」政息權失，至少還有箇讓他繼續「尋夢」的退路：當然，他的「退路」也不只此一家。

是以，他同意了龍八的建議。

龍八自然高興得見牙不見眼，不怒而威的紫膛臉成了張不笑而謔的紅雞蛋，慌忙張羅打點、佈置安排，務要趁此良機，出盡渾身解數，討得皇上歡心！

——連當今聖上也來他家「作客」，這面子說多大就有多大，同理，日後他要風就有風，要雨還當真不敢下雪！

他一早甚麼都安排了：包括戍衛、警衛、玉食、美女……如是種種，還精心策劃了一場毬賽，大家假意盡力的踢毬搶毬，總之，反正，只要到了最後，一定要是皇帝贏就是了。

其實這些事他也不必太費心。

保駕方面，皇帝身邊有的是人。趙佶深知諸葛先生要辦正事可以，玩謔時要這位老先生派人服侍，恐怕只掃興、不適宜，而一爺又因事派出宮外辦理，於是他便請了米公公米蒼穹還有當年御前第一高手（只惜他下召封賜這官位，方巨俠立即留柬辭官退隱，再不入京）的兒子（一說義子）方應看來負責保駕：身邊有這些能人，趙佶更可以放心玩樂去了。

——可不是嗎？不然，當皇帝來作甚？既做皇帝，就要比人玩得多、樂得多，不然，當甚麼皇帝!?

他是天生下來就有這個福份的人！

蔡京自然也有他屬下高手匡護。

這些人中，包括了一些絕世高手：天下第七、八大刀王、還有常在他身邊保護的一老者、一老婦、一少男、一少女這四名白髮黑頭人，陣容相當可觀，防守十分嚴密。單是皇帝來「八爺莊」走一趟，吃的玩的花的都不計，光是人力上的費用，就夠一座城的人吃上半年。

反正趙佶不在乎。

因爲受苦的不是他。

至於多指頭陀，也是因爲悉聞天子要到「八爺莊」作客，而特別趕來「盡一份力」的，何況，他的「恩相」蔡京也來了此地。

當然，白天發生了王小石來搞擾而且傷了龍八和多指頭陀，使兩人十分掃興，但也倍加警惕，故對王小石擄走王天六和王紫萍，並不追擊，對萬里望、陳皮等也只略施警誡，而把重點和注意力，全放在這黃昏至入夜的那一場恭迎皇帝御駕「親征」的「毬賽」裡！

不過，龍八私下盤算，以爲既讓王小石救走其家人，就大可安枕無憂，就算惹白愁飛不悅，但只要討好得了聖上，龍顏大悅，那還管甚麼天下間那個閒人高不高興！

可惜人算不如天算，王小石這頭才走，另一頭的唐寶牛和方恨少卻蹓了進來。這兩人論武功，遠遠比不上王小石，但若論闖禍的本領之高，一打王小石都比不上他們倆個。

——皇帝居然在自己的家裡「出了事」，連同太師，不但受了驚，更且捱了打，這還得了！

可把龍八給嚇壞了！

「八大刀王」則負責場中的近身戍守，而今不僅太師，連皇上一齊挨了揍，光定個殺頭的罪已算好命了！

不過，他們卻有一個關鍵可以推諉：

他們本也發現了此兩人「生面」而且生疑，但因見童貫大將軍和王黼大人跟他們交談了幾句，以爲熟人無礙，不敢上前扣查二人的身份，才出了事。

王黼和童貫都是蔡京的同黨心腹，也是趙佶的愛將與寵臣，朝中上下，誰敢招惹？

這一來，連王黼、童貫也忐忑不安，他們再恃寵生驕，也生怕皇帝怪罪下來，這可是腦袋搬家的事！他們其實當然不認得唐寶牛、方恨少二人，只不過二人好色，調笑了幾句，卻惹來這一樁橫禍，忙候在「別野別墅」之外，長跪不起，伏首請罪。

不僅他們幾人擔心，「八爺莊」裡的上上下下，還有負責這次毬賽的內監宮娥，無不怕受牽累，獨是多指頭陀，自覺「護駕」有功，論功行賞，必有斬獲，倒認爲自己雖再失一指，也算不冤。

其中，卻有一人，沉著臉、冷著眼，也不知他是在得意，還是失望。

——這人便是「天下第七」。

按照道理，他挺身救了蔡京，是大功一件；但他出手已遲，蔡京已然受辱，如果怪責下來，只怕他也有罪。

但看他的樣子，既無驚，也無喜，也無風雨也無情，不知他在想甚麼，又像是他正以冷眼看透了一切。

卻有一人，看去他眼睛一直都是笑瞇瞇的，但樣子卻非常嚴肅，還時有嗆咳，好像老是有一顆花生米老是卡在他的喉頭似的。他的眉毛、鬍髭、長鬍，都像是白色的人，燃燒著他那紅透也似熟透了的臉；他衣著華貴素淨，但卻予人在火柱上受刑的感覺。

他當然就是米蒼穹。

◇◇◇

方應看見著了，就微微笑，趁殺人的時候，突然攻其無備的問米蒼穹：

「公公不怕皇上降罪於你嗎？」

「我？我有功哩！是我一手把皇上搶救回來的。」

「可是……我發覺公公一早已察覺這兩人來路不明了，卻沒事先喝止……」

「是嗎？」

「不是嗎？」

「——當時小侯爺你也在現場，不也一樣發現了這兩個來路不正的人嗎？好像也沒示警吧……嗯？嘿嘿嘿。」

「——啊，哈哈。」

「我原以爲他們只是向太師下手，沒想到……」

「對對對，我也是。再說，救人也該在他遇險的時候才出手相救……那樣的話，功績才會比較突顯出來，功勞也比較明顯些……」

「難得啊，年紀輕輕，想法已成大器了……」

「都是公公教得好。」

「好說，小侯爺已青出於藍了呢。」

「哪裡，公公神機，高深莫測，我尙難及背項呢。」

「可笑的是，今兒蔡京也一樣在大家面前，折到底了。」

「我看……」

方應看似有保留。

「怎麼？」

米有橋倒不明白他疑慮些甚麼。

「我倒擔心，」方應看孩子氣的笑笑，露出編貝似的皓齒，「他才是這件事最大的得利者呢！」

「哦？」米公公大感驚訝，「怎麼會？」

簡直不敢置信。

「怎麼會？」

「太師曾在拜奉他的『聖賢廟』裡遇過張顯然的突襲，他用拇尾二指夾住了一箭，以他的武功，絕對不弱，只是很少機會派得上用場，乍遇唐寶牛氣勢過人的狙襲吃了虧，也是合理——」方應看分析這些的時候，臉上的樣子純純的，也甜甜的，像個大孩子在回憶糖果的滋味：

「可是，以唐寶牛的身手想一直壓著他飽以老拳，這就有悖常理了……」

「……你是說：他故意讓人打!?」

「——還故意讓人當眾羞辱。」

「甚麼！這……他腦袋有問題不成!?這對他有甚麼好處？」

「你說對了，」方應看非常謙遜、乃至帶點卑微的一笑，笑得像個聰明而又十分聽話的孩子：

「像蔡京這種人，若然沒有絕大的好處，他是絕對不會費力的——更何況是讓人在眾目睽睽下給打箇不亦樂乎！」

八十四　機房

蔡京父子都在「別野別墅」裡，兒子看著父親讓樹大風療傷。

——樹大風是樹大夫的弟弟。

白愁飛「收買」了他哥哥的命，卻「收買」了弟弟的人。

樹大風既向白愁飛投靠，自然也得向其義父蔡京效命。

樹大風的醫術只有他哥哥一半的好，但那也已十分不得了了，蔡京身上這些「皮外傷」，對他而言，簡直不算甚麼。

但蔡攸卻氣忿不平的說：「這算甚麼!?以爹爹的功力，幹啥要給一個狗殺的傢伙凌辱!?這算甚麼！」

蔡京也不發怒，只一笑道：「聖上龍體不也是受了傷嗎?你爹爹跟他一起受劫，是無上光榮哩！」

未幾，蔡京命兒子蔡攸去向聖上問安，他其他幾個兒子：蔡儵蔡絛都在門口等著，急於知道他們父親是否無恙，蔡攸只說：「很好，他老人家沒甚麼事。」

及至遇上蔡脩，蔡攸向把對方視為心腹，才肯說：「我看爹爹傷得不重，得的遠比失的多。」

蔡脩資質較低，聽不懂。

「你真笨！爹爹這回是全場中唯一跟聖上同時受難的，這可是『同甘共苦』過了。日後，聖上回想起來，這事雖羞辱顏面，但有爹爹同受劫辱，也算有個伴兒。再說，爹爹和聖上間有過這一場，他日若有人再誣告，參奏爹爹甚麼不是之處，你想聖上念在這同渡劫難之情，還會不站在爹爹這一邊嗎？」

蔡脩聽得似懂非懂，將懂未懂，蔡攸一笑置之。

不久，蔡脩見到兄弟蔡絛，蔡絛問起父親情形，蔡脩為表明見，便告訴了蔡攸的話；蔡絛卻又把這番話告訴了其叔父蔡卞知道。

蔡卞甚是精明，聞後記在心裡，向其兄問起這件事，蔡京自是一驚，連忙追查話的來源，始知是蔡攸說的，他當下臉色一沉，道：「攸兒太工心計，要提防。」

俟蔡卞離去之後，蔡京又跟夫人細語道：「卞弟也不居好心，明知這一說，我會對攸兒慎加防範，他也故示忠心，實為離間，我們也要小心他。」

那時候，他因在「八爺莊」挨過唐寶牛一頓揍，卻又再升了官、加了俸祿，更加得寵，在朝更是叱吒一時，無以復比。

那一天，皇帝仍在「別野別墅」養傷，蘇州大豪朱沖的兒子、也是蘇杭奉應局總辦朱勔，因一向能仰承旨意，並善加推波助瀾，深得趙佶賞愛，常召之身邊讌樂，聽皇帝談起這件事的時候，作了這樣的表示：

「……這麼多人裡，就蔡卿最忠心，為救朕而一道受傷。朕雖一時不察負傷，但以蔡卿這等機警人物，也一樣遭了伏擊，可見朕亦傷得不冤。哈哈，他比朕傷得還重呢！忠心可表，難能可貴，應多加犒賞。」

朱勔十分知機，把這番話轉告蔡京。

這之前，蔡京已為龍八、八大刀王等人求恕；趙佶衝著蔡京求情，也就答允了。蔡京又為多指頭陀、天下第七等人求賞賜，趙佶也一一應承。

這一來，人人都對蔡京感激萬分，願為他賣命效死——然而蔡京則不必出一分銀子，就可以盡得這些在朝在野、在武林在江湖中響噹噹的人物來為他賣命。

他又向皇帝請准：那兩名刺客交由他處置。

趙佶本就沒功夫處理這些「俗務」：

他忙。

忙著玩。

他只（隨意）問了一句（主要還是因爲受過辱、挨過揍，這才記起這件事、要不然，像其他的忠臣良將，他全部交蔡京「處置」掉了，他也從不記得有那樣的人，有這樣的事）：「卿要將他們如何？」

「稟告陛下，」蔡京畢恭畢敬的說，「當然是當眾梟首，以儆效尤。我正想向皇上請准，由米公公親自監斬，可保犯人的同黨無法營救，萬無一失。」

趙佶當然沒有異議。

——他認爲人生一世，說玩便玩，應樂便樂，管這等瑣事才是毫無意義！

這時候，唐寶牛和方恨少給押到「八爺莊」的「機房」（那兒原名是「神機房」，比「深記洞窟」更加守衛森嚴而又隱蔽的所在，本是蔡京與龍八這一黨人密議的地方），看守他倆的人，是「七絕神劍」：劍神、劍仙、劍鬼、劍妖、劍怪、劍魔、劍等七大高手，所以蔡京也很放心。

以他現在，坦白說，也沒甚麼好不放心的了。

「奇怪」的是，蔡京也沒特別命人爲難方恨少與唐寶牛二人。

他只下令讓他們「動彈不得」：包括不能傷害人或傷害他們自己，其餘的，就儘讓他們吃好、睡好、一切都服侍好。

如是者三天。

所謂「特別」，是依照蔡京的爲人與慣例，他會這樣「禮待」他的「政敵」或「仇人」，簡直是不合常理的事；他竟對唐、方二人這般仁慈，說起來真有點令人毛骨悚然。

而與此同時，他也要手上大將打聽清楚：「金風細雨樓」裡白愁飛等人的動向、乃至蘇夢枕的「下落」、「六分半堂」內狄飛驚、雷純等人的動靜，「象鼻塔」中王小石和「發夢二黨」溫夢成、花枯發的去向。

而這段時間，唐寶牛和方恨少除了不得自由也不由自主外，依然吃好、穿好、睡好……

唐寶牛可不覺得有甚麼值得毛骨悚然的，而且也沒甚麼好提防的。

——既來之，則安之。

反正，他已落在人手裡，大不了不是命一條，他不在乎。

他反而常常跟方恨少爭辯這個：

「——我打的那狗崽子比你打的兔崽子更難惹！皇帝是甚麼？雞都抓不住一隻！蔡京那王八崽子就不一樣了！他可比狐狸還狡，比狼還狠，比鱷魚還殘忍，比老鼠還會蹓——你看，這些年來，多少仁人志士，要殺他，想殺他，都功敗垂成；你看我，把他往下一壓，砰砰碰碰，一連打了十七、八拳的……」

方恨少平時都跟他爭辯不休：他打的是皇帝，皇帝大過天，那天皇帝都吃了他的口水（他向趙佶啐了一口），蔡京算箇啥！

只不過，這次他卻靜了下來，若有所思。

沒人跟他爭論，唐寶牛反而覺得不習慣。

「怎麼了！」

「他們對咱們那麼好——」方恨少苦思道，「你不覺得有點不妥嗎？」

「大不了一死！」唐寶牛豁達的說：「除死無大礙，管他甚麼陰謀，我只直來直去，不屈不降！」

「我們一死，自是難免……」方恨少悒悒寡歡的說：「但要是連累別人，那就……」

唐寶牛忽然明白了他的意思。

他看看他這位兄弟兼戰友瘦薄得近乎女子的肩膊，不由心中一痛，繼而悚然了起來：

——他是連累了他人……尤其連累的是弟兄們！

稿於一九九二年十月份第一屆「自成一派」十六子大聚、「朋友工作室」十二人歡聚、「黃金屋」十四理事會聚及簽訂中國大陸各省多份出版發表連載合約時。

校於九二年十一月二次「劍挑溫瑞安」之編委會會議及兩番「溫派武俠評議」會議及評審「大專文學獎」、「青年文藝獎」與「武俠評議論文甄選」三獎完成後。